〔fps〕

後窗與另幾宗謀殺

康乃爾・伍立奇——著　李仲哲——譯

Cornell Woolrich　Rear Window and Other Murderous Tales

AKKER
二十張出版

Rear Window and Other Murderous Tales

後窗與另幾宗謀殺 [redacted]

康乃爾・伍立奇 [redacted]

Cornell Woolrich

康乃爾・伍立奇 ***Cornell Woolrich*** **（西元一八七九至一九五九年）**｜生於美國紐約。與同時代知名犯罪與黑色小說作家——達許・漢密特（Dashiell Hammett）、厄爾・史丹利・賈德納（Erle Stanley Gardner）和雷蒙・錢德勒（Raymond Chandler）相提並論。青年時逢父母離異，隨父親遷居墨西哥近十年，經歷革命時代洗禮，返回紐約與母親同住，並就讀哥倫比亞大學。大三出版首部小說《入場費》（Cover Charge，西元一九二六年）後退學，專心嘗試推理小說，最廣為人知是發表於西元一九四二年的短篇小說〈這必定是謀殺〉（It Had to Be Murder），曾於西元一九四二曾被導演希區考克（Alfred Hitchcock）翻拍為電影《後窗》（Rear Window）。

伍立奇是同性戀，在洛杉磯擔任電影編劇時，初段婚姻並不順遂。再度回到紐約，與母親搬進馬賽飯店，直到母親去世，遷至佛蘭肯尼亞飯店，開始酗酒，也因足傷久病未治，遭到截肢，成為了孤僻的獨居者。受到成長、婚姻等等晦暗生命際遇之影響，西元一九三四年起轉型嘗試犯罪懸疑小說，在氣氛營造與角色刻畫上獲得回響，擅長於敘事加入失憶、妄想、恐懼等黑色元素，另有將近數十部作品改編成電影與電視影集，包括法國新浪潮電影大師楚浮（François Truffaut）的《黑衣新娘》，等。另有長篇小說《黑色不在場證明》（The Black Alibi，西元一九四二年）、《黎明死亡線》（Deadline at Dawn，西元一九四四年）、《華爾滋終曲》（Waltz into Darkness，西元一九四七年）、《我嫁給了死人》（I Married a Dead Man，西元一九四八年）等二百餘部，《入夜》（Into the Night）則為勞倫斯・卜洛克（Lawrence Block）為他補完之遺作。

譯者｜李仲哲｜文藻法文系畢業，目前專職翻譯，愛書人，喜歡漫步於文字與故事之間。

目次

Rear
Window

後
窗

01 後窗 Rear Window

我不知道他們的名字，也未曾聽過他們的聲音，甚至不覺得他們很面熟；他們的樣貌從遠處看來，實在太小而難以辨別。但我仍可以寫出一張時間表，詳細記載他們的來去、日常習慣和活動。他們是我住在後窗裡的鄰居。

我想這肯定有點像窺探，甚至還可能會被誤認為窺視狂。但這不是我的錯，也並非自己執意如此。現階段，行動十分不便，只能從窗戶旁移動到床，再從床移動到窗戶旁，而這就是我的全世界。天氣暖和時，整間臥室裡最好的存在，便是那扇凸窗。因為沒有裝設紗窗，所以必須關燈才能坐在窗旁，否則很多蟲子會不請自來。過去習慣大量運動，如今則因行動不便而無法，使我時常失眠。我也未曾養成閱讀的習慣，所以無法靠它來解悶。那麼，我該做什麼才好？難道就只能坐在這裡，緊緊閉上雙眼嗎？

現在就隨便挑幾個來說：直直看出去，那扇方形窗戶裡，住著一對關係緊張的年輕夫妻，才剛結婚不久，且育有十幾歲的青少年。他們總是看起來，都很迫切地想要離開，好像待在家一晚就會死去一樣。無論要去哪裡，他們從未記得關燈，而我每次也都不曾錯過。然而，他們也並未全然忘記。你會看到，我將之稱為延遲行動。丈夫大約會在五分鐘後匆匆趕回（可能是從街邊的遠處一路跑來的），並急忙把所有燈都關上。他隨後便在出門的途中，不知被在漆黑中的什麼東西絆倒。觀看這對夫妻，總是使我在心中暗自竊笑。

接下來的公寓在樓下，窗戶的視角略有變窄。那裡有一盞燈，每晚都會熄滅，而我總是對此感到有些難過。那裡住著一位年輕的寡婦（我猜測），她帶著自己的女兒一起生活。我看見她將小孩哄上床，並彎下腰親吻她，眼神充滿著傷感。接著，她坐在床邊化妝，身影遮住了燈光，完妝後隨即離去。不到夜色漸亮、日光升起，便見不到她返家的身影。有一次我還醒著，看到她將頭埋在懷裡，坐著不動許久。對此，我總是感到有些難過。

第三間公寓則在更下層，因為距離很遠，窗戶看小得就像中世紀城垛上的狹縫，看不清裡面的景象。因此，我們直接跳過到最後一間。那間大樓的正面景象，足以讓人全面深入其中，因為它與其他屋子（也包括我的）呈直角，填補了這些屋子背後的空洞。我可以透過凸窗的延伸視角，自由地探入內部，就像觀賞一間縮小成相同比例、後牆被打開的娃娃屋一樣。

這是一座公寓大樓。不同於其他的公寓大樓，它不僅只被分成一間一間的公寓，也比一般大樓高出兩層，並設有消防梯，由此可見差別。然而，它相當老舊，很顯然沒有盈利。這棟大樓正處於現代化工程的階段，與其在作業期間清空整座大樓，他們選擇一次只整修一間公寓，盡可能不要失去任何一個租金來源。在六間提供看屋的後方公寓裡，最高層的那間已經整修完成，但尚未出租。工程目前進行到五樓，不斷地敲敲打打，上下樓層的住戶都不得安寧。

我為住在四樓的夫妻感到抱歉。我常會想，他們到底是如何忍受樓上擾人的聲響的。更糟的是，妻子久病不癒；光從遠處看她病懨懨地走動，且只穿著浴衣的樣子，就能大概猜到。有時候會看到她坐在窗邊抱著頭。我常常想不明白，為何丈夫不請醫生來為她看看，但或許他們也付不起看診費。他似乎沒有工作。可以從窗簾之後看到，他們的臥室時常在深夜時仍開著燈，疑似是妻子身子不適，而丈夫便熬夜陪著她。尤其是有一晚，燈一路開著到天明，他一定陪了妻子一整夜。我並非一直在觀看，而是終於在凌晨三點上床小睡時，看見他們的燈依然亮著。而當我還是睡不著時，會在黎明時分返回窗邊，依然能看見淡色窗簾透著一絲絲的光。

片刻之後，太陽升起，窗簾邊緣的光瞬間黯淡下來，窗簾接下來便被拉起——並不是那間臥室的，而是另一個房間的，畢竟所有房間都長得相似——而我則看見丈夫站在窗前往外看。

他手握著菸。我無法看清楚，但見到他不停將手放到嘴邊，微微快速而緊張的抽搐，以及環繞在頭上的煙霧，便可以猜到他正在做什麼。大概是很擔心他的妻子吧。我無意責怪他，每個為人夫者都會如此。她一定才剛脫離整夜的受苦，好不容易入睡，但過了一個小時多後，樓上又再度傳來施工的吵雜聲。唉，這不關我的事，如果我有個生病的妻子，就會帶她離開那裡。

他將身體探出窗外，大概超出窗戶一英尺，仔細端詳每棟房子的背面，它們都緊靠著眼前的空地。當一個人靜靜凝視某物時，從遠處就看出他的目光聚焦在何處。然而他的目光並不全然靜止，而是緩緩移動，從我這裡開始，逐一掃視每一棟對面的房子。當他的視線落在最後一棟時，我知道他會再將目光一路掃回來，所以便在那之前，往房內退後了一段距離，好讓它安全地經過。我不想讓他覺得，我正坐在這裡窺探他的家事。所幸房裡還留有足夠的暮色陰影，以防止我的行動引起他的注意。

一兩分鐘後，我回到原本的位置，而他早已不在，兩面窗簾也被拉起，但臥室的依舊緊緊拉上。我很好奇，他為什麼要在這種無人的時刻，仔細掃看四周的後窗，實在古怪。當然，這並不重要，只是個奇怪的小事罷了——有違他對妻子的擔憂或不安的小事。當人被內在的擔憂或不安所占據，就會用一副心事重重的樣子，對著虛空發呆；而若人詳細審視每一扇周遭的窗戶，那就顯示出他對外在興趣大於內在所占有的心事。這兩者形相不完全相符，而這些差異是如此微小，又更增加了它的重要性。只有像我這種無所事事、與世隔絕的人才會注意到這點。

那間公寓在此後，只要是能從窗戶看進去的地方，皆不見動靜。他必定是出門了，又或是也跟著上床睡覺。那三面窗簾仍然保持拉起，唯獨臥室的緊閉著。不久後，山姆——我的日間管家——帶來了雞蛋和晨報，我也因此有了其他東西得以消磨時間，並停下觀看與思考他人的窗內家事。

整個上午，太陽都斜照在從空中的一側，而後又在下午轉到另一頭，接著開始滑落天際，夜晚便再度來臨——一日就這麼過了。

燈光逐漸在社區亮起。四處的牆宛如傳聲筒，某一戶大聲撥放的廣播節目片段，就如此在周遭迴響。只要仔細聽，偶爾也能捕捉到疊放碗盤的敲擊聲，微弱又遙遠。人們生活中的習慣與作息，皆顯露出了他們自身的存在。儘管他們都認為自己是自由的，卻不知道自己都被此束縛得比任何約束罪犯的鐐銬還要緊。那一家匆匆忙忙的人，每晚都會忘記關燈，急著逃向寬廣的戶外，而丈夫會趕回來一一關上。直到清晨為止，他們的住家皆會是一片黑暗。那名帶著孩子的女人，會將女兒抱上床，靠在床邊一臉憂傷，再帶著絕望塗抹胭脂與口紅。

四樓公寓依舊：三面窗簾開著，第四面則整日緊閉。我先前未曾有所察覺，因為沒有格外注意或特別想到，但如今有了。白天時，我的視線偶爾會放在那幾扇窗戶上，但心緒早已到了他方。直到廚房的燈亮起，才發現窗簾一直以來都沒有被動過，而我的心中也升起了，直到現在才有的想法：一整日下來，皆未見到妻子。在廚房的燈被打開之前，未曾見到任何生命跡象。

他外出回來。門口位在廚房的對面，遠離窗戶。他還戴著帽子，所以可以看得出來，他才剛回家。

他並未脫帽，如同那裡沒有別人，無須脫下帽子一樣。相反地，他以手插入髮根，將帽子更往後推，使其貼合腦後的方式，使我知道，此舉並非擦拭汗水；

為了做到這點，會需要從額頭的側面掃到另一側。這項舉動顯示出困擾或疑惑的徵兆。此外，他若覺得有些悶熱，該做的第一件事就會是脫下帽子。

妻子並未出來迎接——作為如此規律頻繁的習慣、緊緊束縛著我們的生活慣例，如今驟然斷裂。

她肯定病得不輕，才成天待在床簾緊閉的房間裡。我再度察看，他依舊待在原地，離他的妻子有兩個房間之遠。期望變成了驚訝，一個令人不解的驚訝。真是奇怪，我心裡想著，他沒有進去臥室看她，連最遠到走廊去看一眼也沒有。

或許妻子睡著了，而丈夫不想打擾她。我又有了另一個想法：他連看一眼都沒有，如何知道妻子正在睡覺？

他走上前並站在窗旁，如同今日清晨一樣。山姆已經取走我的餐盤有一陣子了，我房間的燈也關著，他一定無法在凸窗的黑暗中看見我。那男子處在窗前不動好久，終於展現出心事重重的樣子，站在那裡往下看，並迷失在思緒之中。

我想，他正在擔憂自己的妻子，如同其他男人一樣，是世上最天經地義的事。但奇怪的是，他竟然如此將她獨留在黑暗中，而非走近她。如果感到憂心，為何不一回來便上前去看一眼呢？這又是一個介於內在動機與外在暗示的微小的差異。正當我這麼想的同時，在日出時注意到的那件事又再度重演。他抬起頭來，帶著警戒環顧四周，再次察看每一扇後窗。這次光源在他的身後，但落在他身上的光，足以讓我看清他頭部微小且持續的動作。我小心地保持不動，直到遠處的視線安全經過我，畢竟動作會吸引目光。

為什麼他會對別人的窗內，這麼感興趣？然而只要一句話，就能壓制住這揮之不去的想法：虧你有臉說別人，那你自己呢？

然而，我忽略了自己與他最大差別：我並不為任何事感到憂心。至於他，大概是有的。

窗簾再度被拉下。燈在米色的窗簾之後，微微露出光芒。但在那面整日未被拉起的窗簾後，則依舊漆黑一片。

時間過去。難以準確說明過了多久——大概一刻鐘、二十分鐘。蟋蟀在後院鳴叫著。山姆進來房間，詢問在他回家之前，是否有需要任何東西。我告訴他不用——行了，快走吧。他在那裡停留了一下子，低著頭。我見到他輕輕搖了頭，好像是有某件不喜歡的事。我問道：「怎麼了？」

「你知道那意味著什麼嗎？我媽媽告訴我的，她一輩子都未曾對我說謊過，而我也從未見過它不準過。」

「什麼，蟋蟀嗎？」

「牠們的聲音是死亡的預兆，一定就在這附近。」

我對他揮了揮手說：「哦，不是在這裡就好，別讓它煩惱你了。」

他走出門，嘴裡還固執地嘟囔著：「一定在這附近、不遠的地方，一定是。」

門被關上，我則一人坐在黑暗中。

這是一個悶熱、令人窒息的夜晚，更勝前一晚。就算坐在敞開的窗戶旁，仍難以呼吸。我好奇，他——那位不知名的陌生人——如何能在窗簾拉下的情況下忍受悶熱。

接著突然間，就在我對這整件事毫無意義的猜測，即將在腦海中找到明確的要點、具體化成類似懷疑的事物時，陰影再度出現了。一閃而過，一如往常地毫無形體，沒有機會停留。

他正在中間的窗戶旁，也就是客廳的那扇，已經脫下大衣和襯衫，只留一件汗衫，我猜他大概也無法忍受如此悶熱的天氣。

起初，我不太明白他正在做什麼。他似乎忙著垂直上下動作，而非縱向地移動。他都待在同一個地方，不斷低下身而退出視線，而後又再度站起重回視線，毫無規律可言。那看起來就像某種健美操，只是下蹲和站起的時間不夠平均。有時會在下方停留很長的時間，有時會突然再次躍起，有時則會連續快速地下降兩三次。那裡有某種黑色的V型物體，將他與窗戶分隔開來。無論那是什麼，只看得見一小片銀色的部分，從向上傾斜的窗戶上露出，偏離了我視線所及的範圍。遮擋了男人的汗衫底部約十六英寸的部分。然而，我並未在其他時候見過它，也毫無頭緒那到底是何物。

突然間，他從窗簾拉起以來，第一次離開那裡，繞過它走到外面，彎下腰走進房間的另一頭，然後又直起身來，手裡抱著一團（從我這麼遠的地方）看起來像是彩色旗布的東西。他接著回到V型物體後面，將那些東西放在上面，然後又蹲下到視線之外，持續了好一陣子。任何變化都逃不過我自認良好的視力，掛在V型物體上的「旗布」不斷變換顏色，一下子白色，接下來紅色，隨後馬上又變成藍色。

而我立刻明白了：那些都是女裝，他將衣服一件接一件拉向他，每次都拿最上放的那件。接著，女裝又突然被拿走，只剩下黑色的V型物體，以及他再度出現的身軀。我已經瞭解現在的情況，也知道他在做什麼了。是那些衣服給了我線索，而他自己也為我證實了這點。他打開雙臂伸到V型物體兩端，我看見他一下停止一下又繼續綑束，好像在施加壓力，V型物體就突然被折疊成立方體的樣子。他彎腰將之滾到另一側去，看不見的另一側。

看來他這段時間都在打包行李，將他妻子的物品都收進去大行李箱裡。

他不久後又出現在廚房的那扇窗裡，站著不動一陣子。

我看見他——不止一次，而是好幾次地——用手臂撫過額頭，然後用力揮向空中。確實，在如此悶熱的夜晚做這番勞動，想必很辛苦。他接著將手伸到牆上，取下了一些東西。既然他身在廚房，我想大概是從櫃子裡拿出了瓶罐。

之後我看見，他快速將手放到嘴邊兩三次。我寬容地想：百分之九十的男人都會在辛苦過後，喝上幾口烈酒。而其中的百分之十沒有，只是因為手邊沒有酒而已。他再次走近窗戶，站在窗邊上只露出一部分的頭和肩膀，沿著一整排窗戶，警戒地往外望向黑暗的四周（現在大多數的窗內都已熄燈），接著再審視了一次。他總是從左邊開始，一路掃視到我所在的右邊。

這是他今晚第二次這麼做了，加上清晨那次一共三次。我在心中笑著，這勢必讓人懷疑他做了虧心事。但也有可能只是一個怪癖，連他自己都沒發現而已。就像我也有一樣，所有人都有。

他走出房間，並關上燈。他的身影接著進到了，隔壁還亮著燈的客廳，然後才進到一直關著燈的臥房。看到第三間房還是緊拉著窗簾，我一點也不感到意外，就算他進去了也依舊黑暗。既然幫妻子整理好了行李，可能明日就準備要離開去養病，當然不會想打擾到她。在出發之前，她可需要好好休息。而在黑暗中溜進床裡，對他來說也不算什麼。

不過讓我感到意外的是，關燈的客廳過了一段時間後，居然出現火柴閃爍的火光。他一定躺在沙發上試著入睡，且根本未走近臥室半步，一直以來都沒有。這真使我感到困惑，就算多體諒自己的妻子，也不可能不進去看望。

十幾分鐘後，又有另一根火柴被點燃，且同樣來自那扇客廳的窗戶。他無法入眠。

夜色籠罩著我們——凸窗內的好奇心氾濫者，以及四樓公寓裡的菸鬼。一切疑問都毫無解答，唯有蟋蟀無止盡的鳴聲。

我回到窗前，迎接清晨的第一縷陽光，並非因為那位男人，而是因為我的床鋪熱得和火堆一樣。山姆進房為我準備東西時看到我，只說了一句：「傑夫先生，你這樣遲早會生病的。」

起初，那裡好一陣子沒有任何動靜，而我突然看見他的頭竄起，便知道自己的猜測是對的：他整夜都待在沙發或安樂椅上。現在，他當然會進去看妻子一眼，確認她是否好一點了，而這麼做也符合普遍的人性。畢竟據我所知，他自前兩晚開始就沒進去看過她了。

然而他沒有。他穿好衣服，往反方向走進廚房，站在那裡吃了些東西，然後突然轉身移到一旁，往門口的方向（據我所知）走去，像是聽到門鈴響了一樣。

果不其然，一會兒後他便回來，身後跟著兩個穿著皮革圍裙的人——遞送工人。我看著他站在一旁，工人們則費力地將黑色行李箱往門口搬去。他不只是光站在旁邊看而已，反而不斷從一邊移到另一邊，幾乎像是盤旋在他們上方一樣，迫切想要確保工作都進行得順利。

結束後，我看見他熱得伸手拭汗，就像那番勞力不是他們做的，而是由他一人完成。

所以他只是在寄送行李，雖然不知道要寄往何處，就這樣而已。

他又再度往牆上伸手並取下物品。是酒，一杯，兩杯，三杯。我有點不知所措，心想：行李箱昨晚早就處理好了，這次連碰行李箱都沒有，到底累在哪裡，累到會流汗又要喝上幾口酒？

而現在，他終於進去探望了。我看見他的身影一路穿過客廳，進到臥室。他拉開那面緊閉已久的窗簾，轉頭看向四周。他的目光並非像注視著一個人那般朝著單一的方向，而是上下左右地環顧周遭，彷彿自己身處在一個空的房間。即便我身在遠處，也絕對沒看錯。

他向後退了一步，微微彎腰並揮動雙臂，放下未使用的床墊和被褥。隨後又做了第二次。

她不在那裡。

我現在才瞭解「延遲行動」的意思。這兩日以來，無法說清的焦躁不安，以及不具體的懷疑，就如昆蟲試圖找尋地方著陸，不斷在我腦中閃現與飛擾。某些時候，就在它準備停下來的時候，一些微小的事、另人更起疑心的事——像是窗簾刻意地放下很久後，又突然被拉起——就足以讓它繼續漫無目的地飛，使我無法認清它而備感困擾。著陸點始終都在那裡，等待著它降落，而現在出於某種原因，在他鋪下空床墊的瞬間，它著陸了——**咻**！這些無法說清又不具體的質疑，成為了確信的謀殺事實。

換句話說，我心中理智的部分遠遠落後於，直覺與潛意識的部分。這正是延遲行動。如今後者已經跟上了前者，而同步引發了如此的想法：他一定對她做了什麼！

我低頭一看，發現雙手猶如打結一樣緊緊握著，於是試圖強迫它打開。我故作鎮定，在心裡說：先緩緩一下，小心來、慢慢來。你什麼都沒看到，你什麼都不知道，你只是沒有再看見她而已，不能就這把它當作犯罪的證據。

山姆站在不遠處看著我，指責道：「不要碰任何東西，你的臉簡直跟床單一樣白！」

我感到一陣刺痛的感覺，就像血液不由自主地離開身體一樣。我說：「山姆，下面那棟大樓的地址多少？還有，別把頭伸得太出去，嘴巴又開開地張望。」

「大概是班尼迪克街吧。」他撓了撓脖子。

「我知道。幫我去那裡看一下，給我明確的號碼，可以嗎？」

「你知道那個要幹嘛？」他一邊問，一邊轉過身前去。

「與你無關。」我帶著善意的堅定說，而這就足以一勞永逸，不再會出現類似的問題。當他正要關上門時，我喊道：「你去看地址的時候，也順便走進去入口處，看能不能從信箱上找到是誰住在四樓後方。別搞錯了，也盡量不要讓別人發現。」

他走出門，嘴裡還念念有詞，像是在說道：「整天只坐著無所事事，肯定會想出這些無聊的事情……」接著門被關上，而我則開始構思內心的想法。

我沉思著，自己到底是根據於什麼，來建立這個可怕的假設的？看看目前所掌握的證據，只是他們的日常習慣出了小問題。第一點、第一天整晚都開著燈。

第二點、他第二夜比平常還晚進來。第三點、他並未脫下帽子。第四點、妻子沒有出來迎接，自第一夜起就未曾出現過。第五點、他打理好行李只喝了一杯酒，但隔天早上讓人搬走行李後，卻足足喝了三杯。第六點、他的內心焦慮不安，也對外部表現出不正常的擔憂，對四周後窗的警戒實在毫無道理。第七點、他在行李被搬走的前一晚，只睡在客廳，連臥室都沒有接近過。

好吧，如果妻子早在第一夜就離開去養病，那會自動刪除第一、第二、第三和第四點的質疑，而第五和第六點則無足輕重，不構成定罪要素。然而，這也不得不面對第七點這絆腳石。

如果妻子在第一夜就走了，他為何**昨晚**還不想睡在臥室？出於傷感嗎？我看並不然。臥室裡有兩張床，而客廳只有一張沙發和不舒適的安樂椅。若妻子不在了，他怎麼還會待在客廳呢？只是因為很想念妻子、很孤單嗎？成年男性是不會這麼做的。好吧，那麼她當時就還在臥室裡了。

山姆這時候回來說道：「地址是班尼迪克街五百二十五號，四樓後方的住戶是拉斯・索沃德夫婦。」

「噓——」我讓他安靜，反手示意他離開。

「一開始自己想要知道，現在又不想要了。」他有理地抱怨了一番，隨後便回去工作。

我繼續在腦中挖掘著真相。如果她昨夜還在臥室，那麼她不可能離開去養病，因為我今日還未曾見到她半個身影。她可能是在昨天清晨出發的，那時我睡了幾個小時。然而，今日我比他還更早起，我待在窗旁一段時間後，才看到他的頭從沙發上抬起。

妻子若要離開，昨日早上就該走了。他又為何直到今日，才將臥室的窗簾拉起，並把床墊整理好？首先，為什麼他昨晚不進臥室？這就是妻子那時還在的證明。而今日，他在行李搬走後，才走進臥室、拉開窗簾，並整理好床鋪，這證明妻子早已不在那裡了。這件事簡直想也想不通。

不，那倒不一定。**在行李搬走後**……

那個行李箱。

就是它。

我環顧四周，確保山姆離開後有將門關好。我的手不安地游移在電話上，撥打了一串數字。我打給的人是伯伊恩，他專門處理謀殺案——好吧，至少我們上次見面的時候，他還在幹這一行。我不想讓一堆偵探和條子來搗亂我的生活，也不想摻和進任何不必要的事情，最好是能完全置身事外。電話被轉錯了幾次後，終於接通。

「伯伊恩嗎？是我，哈爾·傑佛瑞。聽著——」

「哇，你這六十二年來跑去哪裡了？」他津津樂道地問。

「我們等等再說那個。現在我需要你寫下一串地址和名字，好了嗎？拉斯·索沃德，班尼迪克街五百二十五號的四樓後方，可以嗎？」

「四樓後方，可以。這是做什麼？」

「調查用的。我相信只要你深入調查那裡，就會發現一樁謀殺案。除了這件事之外，其他的事都不要打給我——目前只是強烈的個人看法。那一戶住著一對夫妻，但現在只剩丈夫一人。妻子的行李今早被送走了，如果你能找到有人看到是她自己離開……」

如此自信地對一個人說出這些事——尤其是一位警督——連都我聽起來很站不住腳。他帶著遲疑的口吻說：「好吧，但是……」隨後又打住，就當作是接受了。因為我是消息的來源，也完全沒有提及到我的窗戶，這麼做能讓我免於被譴責偷窺，也因為他認識我多年，不會輕易質疑我的可靠。我實在不想在如此炎熱的天氣裡，還要和一群警探共處一室，看著他們輪流往窗外窺探。就讓他們自己應付這件案子吧。

「好，我們到時候會看看的，隨時和你聯絡。」

我掛斷電話，靠回椅背上，看向窗外等待著。我的位子就像觀眾席，或更確切來說，一個反向的觀眾席；只能看到幕後，無法看到幕前。我無法看見伯伊恩是如何進行調查的，只能知道何時與是否有調查結果（如果真的有的話）。

接下來的幾小時如舊，風平浪靜，什麼事都沒有發生。但我知道，眼下一定正在進行著調查，畢竟警探的工作都是如此隱密而不顯眼。四樓窗裡的人影一直待在視線內，他獨自一人且無人打擾。他並未外出，只是不斷遊蕩在每個房間裡，每一間都待得不久，但始終都留在家裡。我看到他一下坐著吃東西、一下刮鬍子、一下又試著想讀些報紙，但都靜不下來。

他身上依然還在醞釀著什麼，到目前為止仍太過微小而無法看清，但這只是前奏而已。我心裡想著，如果他知道自己正被監視著，會一動不動地待在那裡，還是會奪門而出、試圖逃跑？這可能不太會取決於他的罪惡感，而是取決於他認為自己能否免責，得以瞞過警探。我對他的罪行深信不疑，否則我不可能採取這些行動。

此時，電話響起，伯伊恩說：「傑佛瑞嗎？能不能給我再更多的證明，而不是只有簡單的描述而已？」

「為什麼？」我試圖逃避他的請求，「為什麼我該這麼做？」

「我派了人去調查，他回報我說，大樓管理員和其他鄰居都同意，妻子昨日一早就去鄉下養病了。」

「等等，據你派去的人所說，在這些人之中，是否真的有人目睹她本人離去？」

「沒有。」

「那麼這些都是未經證實的二手消息，不是目擊證詞。」

「他在幫他妻子買完車票並目送她離開後，從車站回來時有遇到別人。」

「這依然是未經證實的二手消息。」

「我已經派人嘗試去車站和售票員確認了，畢竟那時候還很早，他應該會格外顯目。當然，我們同時間也會觀察他的一舉一動。只要一有機會，就會進去搜索。」

我有個預感，就算闖進去公寓，他們也不會找到任何證據。

「不要對我有更多期待，我已經把自己所能給的，包括名字、地址和意見，都全部提供給你了。」

「是啊，我之前都很重視你的意見，傑夫……」

「現在不重視了，是嗎？」

「一點也不。問題是，我們目前都沒有找到任何東西，能夠證實你的說法。」

「只是你們目前為止還沒有多大的進展而已。」

他又再次重述了那句老套的話：「好吧，我們到時候看看，隨時和你聯絡。」

幾個小時又過了，日落隨之到來。我看見他開始準備出門，戴上帽子，將手放入口袋，低頭看了一會兒。我猜大概是在數零錢。想到他一離開，警探就會進去搜索，給了我一種特別壓抑的興奮感。看到他最後環顧了四周，我便冷酷地在心裡說：有東西要藏的話，現在趕快藏好吧。

他離開了。一股令人屏息的空虛感降臨在公寓裡，就算火警響了我也無法將視線移開那些窗戶。突然間，他才剛關上的門馬上又被開啟，兩個男人一前一後地潛入。他們成功進入了，門一關上後便立即分頭忙著搜索。一個進入臥室，一個則從廚房開始，兩人各以自己的方式進行，從公寓的兩端漸漸靠近。他們不放過任何細節，眼前所及的任何事物都被澈底審視。接著他們一起處理客廳，一個探察一邊，一個則負責另一邊。

他們在警告到來之前就結束了搜索。我看見他們將一切整理好，一臉失落地看著彼此。他們在密報的門鈴響起時，猛然地轉過頭，迅速奔離現場。

我並未十分沮喪，因為早就預料到了，他們不會發現任何足以定罪的證明。因為行李箱被送走了。

接著他進來了，一手抱著牛皮紙袋。我看著他仔細觀察四周，是否有人闖入。想當然，他並未發現任何異狀，警探們做事向來都極為精明。

他整晚都在家，安逸不動地坐著，隨意喝了些酒。我可以看見，他就坐在窗旁，時不時舉起雙手。很顯然地，既然行李已經不在了，一切便都在他的掌控之中，氛圍自然也不再緊張。

我整夜都守著，心裡揣測：他為什麼不出去？如果我對他的看法是對的（肯定是對的），那為何在此之後還要留下來呢？然而答案不言而喻：因為他並不知道有人正在監視他，也不認為有必要急著去處理。若在她離開後太早走，反而會比停留一段時間更危險。

夜幕低垂。我等待著伯伊恩的電話，來得比我想得還晚。我在陰暗中接起話筒。他現在正準備要上床睡覺，關燈離開了廚房。他走進客廳，打開了那裡的燈，將襯衫下襬從腰帶下拉出。我的視線聚焦在男人身上，而伯伊恩的聲音則在我耳邊響起——彷彿形成三角的關係。

「嘿，傑夫嗎？聽著，那裡什麼都沒有。我們在他出去的時候，搜遍了公寓……」

我差點脫口而出：「我知道，我看到了。」但及時阻止了自己。

「……都沒有找到任何東西。但是……」他停下，彷彿接下來有重要的事要宣布。我不耐地等著他繼續說。

「我們在樓下的信箱發現一封明信片，用折彎的釘子把它撈出來……」

「然後呢？」

「是他妻子昨天從內陸地區的農場寄來的，上面寫著：『安全抵達，已經感覺好多了，愛你的，安娜』。」

我以微弱卻固執的語氣回答：「你說是昨天才寫的，那麼有證明嗎？信上的郵戳有寫嗎？」

我聽見他從喉嚨深處發出厭煩的聲音，不是對事，而是對我。「郵戳的一角沾到水，油墨都糊掉了。」

「全部都糊掉了嗎？」

「年分是如此，」他坦承，「但時間和月分沒有。這封信是下午七點三十分寄的。」

這次換我發出厭煩的聲音。「八月、下午七點三十分——可能一九三七、一九三九，又或一九四二年。你不知道那封信是怎麼寄來的，可能是信差送來的，也有可能是自己寫的！」

「放棄吧，傑夫。這樣就太超過了。」

我啞口無言，如果當時沒有恰巧盯著索沃德的客廳窗戶，可能幾乎什麼都不會說。不管我想不想承認，明信片這件事**的確**動搖了我。他一脫下襯衫後，就關了燈。然而臥室依然黑暗，火柴的微光在客廳低處閃爍不定，可能是在安樂椅或沙發上。就算臥室擺著兩張床，他仍然不願進去。

「伯伊恩，」我冷淡地說道，「我不在乎你那明信片是從哪裡來的，我就是認為那個男人棄屍了！追蹤他寄出去的行李箱，打開它就會找到他妻子了！」

未來得及聽見伯伊恩會如何反應，我就將電話掛斷。電話鈴沒有再度響起，儘管他仍抱有懷疑的心態，最後還是有可能會考慮我的建議。

我一整夜都待在窗邊，像是守夜一般監視著。第一次點燃火柴後，陸續有另外兩次，間隔約半小時。之後便無聲無息，可能在那裡已經睡下，也可能沒有。我始終敵不過早晨日光，臣服於睡意。他若有所作為，都是在黑夜的壟罩下進行，而非光天化日之下。現在會有一陣子不會有什麼新發現了，反正他還需要再做什麼呢？只要舒適地靜靜躺著，讓時間悄悄溜走就好。

感覺不到幾分鐘後，山姆便進到房間伸手碰了我，但早已過了正中午。我帶著煩躁的語氣說：「你沒看到我貼上的紙條，叫你讓我睡一會兒嗎？」

他說：「有啦，但你的老朋友——伯伊恩警探來了，我覺得你一定會想要……」

伯伊恩這次親自探訪，沒有等待便跟在後面進來，也不帶一點親切客氣的態度。

「進去煮些蛋去。」我對山姆這麼說，好擺脫他。

伯伊恩的語氣堅硬宛如鋼鐵。「傑夫，你這麼做到底是什麼意思？多虧你，我才出盡洋相，派我的人出去白費力氣搜索。感謝老天，我沒有把他抓起來審問，讓情況變得更糟。」

「哦，你覺得這樣做不必要嗎？」我自認幽默地說。

他看著我的眼神說明了一切。「你要知道，部門裡不只我一人。還有人在我之上管理，我必須對自己的行為負責。聽起來不錯，對吧？讓部門承擔所有費用，派遣同事坐上半天的火車，去到一些偏遠到連上帝都遺忘的地方……」

「那麼你找到行李箱了？」

「我們把整個快遞機構都翻遍了。」他嚴肅地說。

「打開看了嗎？」

「何止，我們還和鄰近地區的農場聯絡，索沃德夫人甚至從其中一輛卡車上下來，親自用她自己的鑰匙打開。」

少有人會像我一樣，被老朋友以這種眼光看待。伯伊恩站在門邊，態度冷硬得猶如槍械，說道：「就讓我們忘了這件事，好嗎？這麼做對你我都好。你的狀態已經很不好了，我也損失了一點零用錢和時間，都快沒耐性了。就這樣吧，如果你之後還想跟我講電話，我很樂意把家用號碼給你。」

門嘣一聲地大力關上。

在他怒氣沖沖地離開後，我麻木的腦袋彷彿受到束縛般，過了約十分鐘才開始慢慢鬆綁、重歸自由。

去你的警察。也許我無法向他們證明，但無論如何，我可以證明給自己看，澈底了結這件事。這一切可能是一場空，也或許我自始至終都是對的。索沃德有所偽裝才足以瞞過警探，但他赤裸的背卻面對著我，毫無防備。

我呼喚山姆進來，問道：「我們之前在遊艇上用的望遠鏡跑去哪裡了？」

他在樓下找到了望遠鏡，對著它吹了一口氣，並用袖子擦拭乾淨。

我先將它放到腿上，再拿出了紙筆，寫下一段話：**你究竟對她做了什麼**？

我將紙密封入信封，也不在信封上留下任何資料。我對山姆說：「現在有事要你做，你得要做得熟練一點。把這封信帶到五百二十五號大樓的四樓後方。你的速度向來都很快，好吧，至少之前是如此。就看你能不能快到不會被抓到。等你安全下來的時候，再輕按一下外面的門鈴來引起注意。」

他正準備張嘴時，我插入道：「不准問我任何問題，瞭解嗎？我沒有在開玩笑。」

他隨即便出發，我則準備好了望遠鏡。

我將視線聚焦在索沃德身上，第一次看見如此他如此清晰的面目，留著一頭深色頭髮，很明顯有北歐血統，體型雖然看起來不大，身材卻很結實。

大約五分鐘過後，他猛然轉向側邊，看來是門鈴響了，而信也放好了。

他背對著我，轉身走向大門。鏡頭視線追隨他的身影到公寓後部，先前總是無法在遠處看清那裡，現在有了望遠鏡的幫助，才能澈底看清每一處。

他打開門往外望去，彎下身拾起了信後便將門關起，朝我的方向轉來。

他離開門邊，來到窗戶旁。他認為在門附近很危險，所以遠離到安全的地方，卻渾然不知情況恰恰相反：只要越退往房間深處、靠近窗戶，就越加接近危險。

他將信撕開並開始閱讀。我的眼睛就像水蛭般緊緊貼著他不放，簡直看得沉迷。一瞬間，他的表情漸漸放大、拉扯開來——臉皮拉向耳後，眼睛瞇得細細小小的。震驚惶恐之際，他伸出手靠向牆壁，慢慢朝門口走去。我看見他躡手躡腳地接近，像是在追縱獵物一樣。他將門微微打開到幾乎看不見的地步，透過縫隙恐懼地窺視著。他關上門，因為澈底驚愕又沮喪，回程一路曲折不穩。他倒臥在椅上，直接抓起一瓶酒灌入，甚至高舉到嘴邊時，也要將頭轉向大門——他的祕密就如此暴露在那扇門之外。

我將望遠鏡放下。

這肯定有鬼！他愧疚得簡直像是有罪一樣，而警察也實在離譜。

我將手伸向電話，想要再撥出一通電話，但又有何用呢？他們已經不會再像從前那樣相信我了。對伯伊恩說「你應該看看他的表情」之類的話，他大概也會回答：「任何人收到那樣的匿名信，無論真假，連你一定也會震驚不已。」他們聲稱已經親眼見過索沃德夫人——或者相信那是她本人。我必須證明還有另一位真正、死去的索沃德夫人，與他們所見的那位是不同人。然而，我只能在窗邊證明這點。

在此之前，索沃德先生得先對我證實這件事。

我花了數小時才想通，不斷努力思索、推論，午後時光便漸漸過去。與此同時，男人則如困獸般，焦慮地來回踱步。兩人此時正對同一件事情，擔憂著不同的面向：一個擔憂該如何隱藏，一個則擔憂該如何揭發。

我很擔心他會熄燈，但倘若要這麼做，顯然要等到天黑後，所以我還有一點時間。也許他並不想離開，除非被逼到這種做——仍然覺得待著更安全。

我對周圍習以為常的景象和聲音，毫無察覺且完全忽視，反而全身投入腦中的演算推理，思緒如洪流般試圖沖刷掉，攔阻其順暢的障礙：該如何迫使他透露出地點，好讓我交給警察來證明此事？

我這時隱約意識到，（我記得）房東帶了一位租客去看六樓的公寓，那裡已經施工完畢。那棟公寓在索沃德的上面兩層；中間那層則還在施工中。在這時刻，出於偶然，出現了怪異的同步——六樓的房東和租客恰好都在客廳窗戶附近，而索沃德也在四樓的客廳窗旁。雙方同時進入廚房，穿越牆壁後的盲點，出現在廚房的窗戶旁。這實在難以解釋，就像同一條繩線操控的木偶，精確地做出同樣的動作。大概在接下來的半世紀裡，都難以再見到這種奇景。他們隨後便立刻偏離軌道，回歸正常。

關於這件事的沉思，還存有缺陷和障礙，使思緒無法順暢，也令我坐立難安。即便嘗試找出問題，卻都空手而歸。房東和租客已經離開，只留有索沃德在視線中。

這段記憶模糊不清、難以捕捉，就如此沉入我的潛意識中，在著手處理手邊的問題時，慢慢發酵醞釀著。

許久過後，天黑了下來，而我終於想到了方法，能夠解決這件事。可能行不通，既麻煩又迂迴，卻是我唯一能想出的辦法了。我所需要的，就是他做出警覺的轉身，並往某處預警式的奔走。為了得到這閃爍不定、轉瞬即逝的信息，我需要打兩通電話，並且在這兩通電話之間，需要他離開約半個小時。

我燃起火柴，在微弱的火光下翻閱名錄冊，直到找到我想要的東西：**索沃德．拉斯，班尼迪克街五百二十五號……斯旺西五之二一一四**。

我吹熄火柴，在黑暗中拿起電話筒。如電視節目一樣，我能看見電話的另一頭的情況，不是透過電線連結，而是直接從窗戶看出去的視野。

「喂？」他粗聲粗氣地說。

我心想，感覺真奇怪，指控他謀殺已經三天了，直到現在才聽到他本人的聲音。

我並未試圖隱藏自己真正的聲音，畢竟我們未曾相見過。我說：「拿到我給你的信了嗎？」

他提防地問：「你是誰？」

「只是個碰巧知道的人。」

他狡詐地再問：「知道什麼？」

「知道你的祕密。你我，都是唯一知情的人。」

他的自制力很好，我沒有聽到他發出其他聲音，然而卻也不知身後正有人凝視著自己的一舉一動。我將兩本大書疊在窗台上，並在其上平衡好望遠鏡的高度。透過窗戶，我看見他將領口拉開，彷彿被勒得難受，接著他用手遮住雙眼，就像光線刺眼一般。

他的口氣堅決。「我不知道你在說什麼。」

「交易，我是來談一場交易的。要幫你保守祕密，應該會對我有利，對吧？」我嘗試避免讓他發現背後的破綻，因為窗戶是我唯一的連結，現在比以往的任何時刻都還需要它。「某一晚，你沒有注意到自己的門沒鎖，有可能是風吹開的。」

這震撼到了他，我甚至還能透過電話線，感受到他的情緒起伏。「你什麼都沒看見，這裡沒什麼好看的。」「就看你吧。如果我能從中得到利益，」我咳了幾聲，「那又何必找警察來呢？」

「哦，」他的口氣聽起來如釋重負，「你想要見面，就這樣？」

「這樣最好了。你目前能帶多少錢出來？」

「我身上只有七十元。」

「好吧，其他的可以之後再安排。你知道湖畔公園在哪裡嗎？我現在就在那附近，就在那裡進行吧。」湖畔公園離這裡有三十分鐘的距離，來回各十五分鐘。

「你進去就會看到一棟小建築物。」

「你那裡有多少人？」他謹慎地問道。

「就我一人。保守祕密都需要代價，一個人承擔剛剛好。」

他也貌似同意。「我會去看看到底是怎麼回事。」

掛斷電話後，我比以往還要仔細觀察著他。他直接進到自己不再走進的房間——那間臥室。身影消失在衣櫥裡，隨即再度出現。他從裡面拿出某樣東西，裡面應該還藏有壁洞，隱密到連條子都沒發現。在那東西消失在他的大衣裡時，看著他手部細微的動作，我便猜到那是一把手槍。

我心想，沒有為了七十元就去湖畔公園，是好事。

接著公寓暗了下來，他踏上了前往陷阱的路程。

我喚了山姆進來。「我要你幫我做一件有點風險的事。老實說，應該是極具風險的事，你可能會斷一條腿，或是被開槍，或甚至被搶。我們已經認識十年了，如果我自己就能做的話，是不會要你做這種事的。但我就是辦不到才需要你，而且這件事必須完成。」接著我告訴他：「你從後門出去，越過後院的圍欄，再沿著消防梯爬上那棟四樓的公寓。他有一扇窗戶沒有關好。」

「你要我找什麼？」

「什麼都不用找。」警察早就澈底搜查過了，這麼做還有什麼用？「那棟公寓有三間房，我要你弄亂每一個房間，好讓他知道有人來過。把地毯的角落翻起來，轉動桌椅的方向，打開衣櫃的門。給你，好好注意時間。」我脫下自己的手錶，戴在他的手上。「從現在起，你有二十五分鐘。只要在這段時間裡回來，就不會出事。你一看到時間到了，馬上離開，動作要快。」

「一樣從逃生梯爬下來？」

「不行。」索沃德在如此緊張的狀態下外出，應該不會記得是否有關窗。況且，我並不想要他將危險連結到窗戶，而是要緊緊連結著大門，好讓這些窗戶一直為我敞開。「把窗戶緊緊關上，再從大門出去，然後走前門出大樓，用你的生命跑！」

「對你來說，我就只是容易使喚的老好人。」他嘴上充滿抱怨，但還是起身行動。

他從我下方的地下室門口出來，並爬過圍欄。若有周圍的人發現，我會替他解釋開脫，說是派他下去幫我找東西。所幸無人發現。就算公寓後方的防火梯很短，他也能好好站穩在上面。考慮到他的年紀，他做得相當不錯，畢竟已經沒有那麼年輕了。不久後，他便闖入、開燈，往那裡看向我。我揮手示意他繼續，不要停下來猶豫。

我看著他進行任務。如今他已經闖入公寓，我沒有任何方法能保護他，連索沃德也有權對他開槍，因為這已經算是私闖民宅了。條子都有派人守在外面放哨，而我卻必須如以往般待在幕後，無法出去掩護他。

山姆緊張地進行著，而我更緊張地看著他。這段時間只有短短的二十五分鐘，感覺起來卻有五十分鐘那麼漫長。他最終緊緊關上窗戶和燈，並急忙離開，成功達成。我大口呼出憋了二十五分鐘的氣。

我聽見他拿鑰匙開門的聲音，當他走進時，我警告說：「把這裡的燈關了。去好好喝一杯威士忌吧；你的臉從沒那麼慘白過。」索沃德在二十五分鐘後從湖畔公園回來，如此短的時間內就能決定一個人生死。現在，這件事終於要走向結局，只求成功。在他發現家裡變得不正常之前，我打進了第二通電話。雖然時間點很難抓準，但我早已拿起話筒，不斷撥打號碼又掛掉，就為等待這個時機。在我打到其中一個號碼時，他正好進門，而這段時間剛好足夠接通電話。他剛開燈，電話便立即響起。

我要在這通電話裡編出一齣故事。

「你應該要帶錢，而不是帶槍，所以我才沒出現。」我看見他臉上的震驚。絕對不能讓他發現是窗戶出賣了他。「我看見你走上街時，輕碰了大衣裡面藏槍的地方。」通常不習慣帶槍的人，都會這麼做。而他或許根本沒有做出這動作，但現在也不會記得了。

「可惜了你這趟路途，只能空手而歸。但我在你走的時候，可沒有浪費時間——我發現了更多東西。」這部分在故事裡很重要。我仔細揣測在望遠鏡視角裡的他。「我找到它在哪裡了。你知道我在說什麼，我知道你把它藏在哪裡了。你離開的時候，我進去看了幾眼。」

他沉默不語，呼吸急促。

「不相信我嗎？看看你周遭吧。放下話筒，自己去看看。我找到了。」他將話筒放下，走到客廳門口打開了燈。他只掃視、環顧了一圈四周，沒有將視線集中在固定的點上。

他拾起話筒，露出冷酷的一抹微笑，帶著邪惡的滿意，輕聲地說：「你這騙子。」隨後便看見他掛掉電話。

這是一場失敗的測驗，但也並不全然如此。他還沒交出我想知道的地點，然而「你這騙子」這句話就是一種默認——在他周圍的某個地方、以此為前提的某個地方，正藏著我所追獵的東西。而這地方是如此安全，使他都不必擔心會被發現，甚至連看一眼確認都沒有。

所以在這場失敗裡，還是有所收獲，只是了無新意、一文不值罷了。

他背對我站著，無法看見他在做什麼。我知道電話就在他面前，他的頭微微低下，大概正在憂慮著什麼。我甚至沒看見到他動一下手肘，但倘若他動的是手指，我就真的看不見了。

他站在那裡一會兒，隨後終於走到一旁，關上了燈，他的身影隨之消失。不像以往都會在黑暗中點燃柴火，他這次非常警戒小心，沒有這麼做。

不用忙著專注觀察他，我的思緒便不再受干擾，嘗試捕捉腦海裡的其他片段——今日下午發生的詭異同步，也就是房東和索沃德同時從一扇窗戶，移動到另一扇窗戶的這件事。我所能描述、最接近的感覺是：就像透過一片有瑕疵的玻璃看著一個人，上面的瑕疵會使反射的影像失去對稱性，直到他經過那個瑕疵點為止。但這說不通，因為窗戶是開著的，沒有玻璃隔開來，而我那時也沒有在用望遠鏡。

電話此時響了，我想大概是伯伊恩，否則這時候不會有人打來。或許，他有反思對我生氣的那件事——我用正常的聲音，毫無警戒地說出：「喂。」

電話的另一頭沒有回覆。

「喂，你好，喂？」我不斷給出自己聲音的樣本。

自始至終，都沒有任何聲音傳來。

我最終還是掛斷了電話。索沃德那裡，依舊漆黑一片。

山姆進來看了一眼，因為喝了些酒，舌頭變得有點笨拙，說了聽起來像是「窩現在渴以揍了吧？」的話。我沒有很注意聽，現在還在嘗試想出能讓他交出地點的方法，於是心不在焉地准許山姆離開。

他用蹣跚的步伐走下一樓，過了幾分鐘後才聽到他開門離去。可憐的山姆，他的酒量真不好。

我獨自留在屋子裡，唯一能自由活動的範圍，就是這把椅子。

赫然間，那裡又亮起了燈，只維持了片刻就再度關上。他肯定一直在黑暗中尋找某樣東西，結果發現沒有光還是看不清。不管那是什麼，他在開燈的瞬間就馬上找到了，隨後立刻熄了燈。當他一轉身，我看見他往窗外瞥了一眼，但並沒有走到窗前去，只是順便往外一看。他如此的瞥視，與之前所見過的其他瞥視有所不同。如果要將這種難以捉模的行為定義為「一瞥」，我會將之稱為「毫無目的的地一瞥」，但索沃德那一瞥肯定不是隨意、空洞的，而是堅定且帶有目的的。然而，那也不是他先前那種警戒的掃視，並沒有從另一邊一路看過來到我所在的右側。他的視線正好命中我的凸窗，持續了一瞬間就消失。隨後燈消失，他也消失了。

感官有時接收了外部訊息，但大腦卻沒有將之轉化為正確的含義；我親眼看見他那一瞥，內心卻拒絕理解。我心想：「那根本毫無意義，只是他朝著燈走去時，無意中往外看的一眼，恰好擊中這裡的正中心。」

延遲行動。沉默的電話。試圖測試我的聲音？在那之後，便是一段黑暗的時刻，兩人可能都正在玩著同樣的遊戲——各自潛伏在自己的窗後，相互窺探而又不被發覺。他那短暫一瞬的開燈，即使對他非常不利，卻無可避免。而那離去時的瞥視，則充斥著滿滿的惡意。這些事皆沉入心底而未能好好辨識、結合；我的雙眼成功達成了任務，但思緒卻沒有，或至少還在慢慢消化中。

時間一分鐘、一分鐘地過去，眼前的四角空地圍繞著一整排房子的後部，如屏息般寂靜。而刹那間，一陣聲音響起，不知從何處傳來，也不知為何物。蟋蟀清晰、間隔的鳴聲打破夜晚的死寂，我想起山姆提及的迷信，他聲稱從未見過它沒靈驗過。若真是如此，對住在這裡的人可真不吉利……山姆已經離開約十分鐘，現在再度回來，肯定有東西忘了拿。都是酒精在作祟。可能是忘了帽子，又或甚至是他在郊區住處的鑰匙。他知道我無法下樓幫他開門，也以為我可能已經睡下，所以試著想要安靜一些。我只能聽見前門的門鎖發出微弱的敲響。這是一棟老式的門廊住宅，外面有一對防風門，整夜都會隨風自由擺動，然後是一座小門廊，再來才是內門，只要一把簡單的鑰匙就能開啟。酒精讓他的手變得不可靠，即便沒有喝酒，也曾有過這麼一兩次。他點燃了火柴才找到鑰匙孔，然而，山姆並不抽菸，我也知道他身上不太可能會有火柴。

門鎖的聲音停下來了，應該是他放棄了，決定明天再來。他沒有進來，因為我太熟悉他讓門自動關起，所製造出的噪音，況且我也未聽見他總是發出的輕拍聲。

而猛然間，我的思緒瞬間爆炸。為什麼偏偏在這種時刻，我不知道。這是我內心獨特的運作方式，如火藥般的靈光一閃等待著被點燃，其火花終於沿著緩慢的列車抵達目的地，將其他一切雜念拋除乾淨。這場爆破從今日下午就開始醞釀著，直到現在才來——又是延遲行動，該死。

房東和索沃德都從客廳的窗戶開始動作，中間途經一片盲點的牆，然後重新出現在廚房窗旁，但這裡總感覺有種阻礙、缺陷或「跳躍」，讓我困擾不已。雙眼是可靠的觀察者。他們同步的動作並沒有問題，問題是出在「平行性」（就暫且以這個詞稱呼）。並且，這問題是垂直的，而非水平的，其中存在著某種向上的「跳躍」。

現在我懂了，也澈底瞭解了，此事不得久候，急需處理。他們想要屍體？現在我知道在哪裡了。

無論伯伊恩是否還在生氣，他現在都必須聽我的了。我不準備浪費任何時間，在黑暗中僅憑記憶操作著號碼盤，撥打了他單位的電話。電話沒有發出什麼噪音，只有簡單的喀搭一聲，甚至不比外頭的蟋蟀還明顯。

「他很早就回家了。」櫃台的警佐這麼說。

這可等不得。「好吧，給我他的家用電話。」

他找了一下，回道：「特拉法加……」隨後便不再有聲音從話筒裡傳出。

「喂，特拉法加什麼？」依舊毫無聲響。

「喂？在嗎？」我輕按了一下按鈕。「接線生，我的通話中斷了，請再幫我接通給那個人。」接線生也毫無回應。

我的通話並沒有中斷，而是路線被切斷了。在通話中被切斷，實在有些突然——況且要這麼做，必須在這屋子內部進行，因為路線到了外部就會設在地下。

延遲行動。這次，致命的結局終於來臨，一切都太晚了。無聲的電話。命中此處的瞥視。「山姆」不久前才試著想要回來。

片刻間，死亡正就在某處，與我共處一屋。而我無法行動，被禁捆在這張椅上，就算成功打給伯伊恩，也為時已晚。我可以對外大喊，驚擾一整排後窗裡的鄰居，但此舉也只能暴露我遭遇的危險，而無法阻止我遭遇到危險。在他們花時間找出是哪扇窗戶時，我的叫喊早就會沉寂下來，一切便都來不及了。我並未開口呼喊，並非是出於勇敢，而是因為明顯沒用了。

他馬上就會上樓，現在一定在樓梯間，我甚至連地板的嘎吱聲都沒聽見，若地板嘎吱作響，他就會自暴行蹤。此時就像被困在陰暗中被毒蛇悄悄環繞著，使人恐懼得不敢發出任何聲響。

這裡沒有任何可以反擊的武器，只有牆上的幾本書位在我還可及的範圍，即便從沒打開來讀過。這裡也有一尊盧梭或孟德斯鳩的半身像，我一直無法確認是哪一位，總之其中一人留有蓬鬆的毛髮，高高聳立在頭頂上。它有怪獸般的外表，由陶土製成，早在我入住這棟屋子之前，就放在這裡一段時日了。

我從椅子上挺起身體，拚命伸手往上抓取那尊雕像。我的指尖滑過兩次，第三次終於讓它搖搖欲墜，第四次則將它摔到我腿上，使自己也跌回椅子上。我的身下鋪著一張毛毯，在這種天氣派不上用場，所以一直用它來墊坐位。我將它拉出來蓋在身上，模仿印地安勇士的穿著。

接著我在椅子上蠕動著，好讓頭和一邊的肩膀能懸垂在靠牆的扶手上，並將雕像舉在另一邊向上的肩膀，不穩定地微微搖晃著，並以另一條毯子裹住耳朵，假裝成是真正的頭部。在伸手不見五指的黑暗中，我的背影就會看起來很像……我希望至少會如此……

我略帶點鼻音呼吸著，像是昏沉沉地睡著了。這並不難，我現在的呼吸本來就因為緊張，使每次的吸氣和吐息都格外費力。

他很擅長操作旋鈕、絞鍊和各種裝置。我並未聽見開門聲，而這次與樓下的不同，門就位在我的身後。一陣氣息穿過黑暗朝我襲來，而我的頭皮——真正的那一個——在髮根處早已濕透了。

如果他要重擊我的頭部，或用刀刺傷我，我可能還有僥倖躲過的機會（這也是我唯一抱有希望的事了）。我的手臂和肩膀都變得十分沉重。在第一次攻擊後，我會用熊抱的方式將他擊倒在自己身上，再扭斷他的脖子或鎖骨。若是他持有的是槍，我終歸還是難逃一劫，幾秒的差距就能決定生死。然而，我知道他一定帶著槍，就是原本要用來在湖畔公園處理掉我的那一把。

時間到了。

槍聲的閃光照亮了黑暗的房間一瞬。雕像撞倒在我的肩上，裂成碎片。

我原以為他因沒擊中而憤怒，才在地板上跳上跳下，而我卻看見他往我身邊衝過，俯身在窗台尋找出口，聲音向後向下地傳出，像是動物撞擊著門一樣。結果我倖存下來了，雖然他仍然可以再殺死我五次。

我將身體倒在扶手和牆壁之間的狹窄縫隙裡，但我的腿、頭和肩膀依然向上抬起。

他轉過身朝我開槍時，距離如此之近，槍的光刺眼得像直視日出一樣。而我沒有任何感覺，他沒有射中我。

「你……」我聽見他咕噥一聲。那是他最後所說的話，他接下來的餘生都會是行動，而非言語。他單手靠著窗台往下跳進院子，這裡有兩層樓高的距離，而他毫髮無傷，因為沒有掉在水泥地上，而是落在了中間的草皮。我使力靠著扶手抬起身體，全身往前方猛力一撲，下巴先撞上了窗戶。

他倒是很順利地完成了暗殺——當一生懸命，人會奮不顧身、鋌而走險。他越過第一道圍欄，身體朝下滾了下去，接著像貓一樣手腳併攏，如彈簧般跨過第二道圍欄，重回自己公寓大樓的後院。然後，他爬上防火梯，像山姆之前那樣，靠著一步一步快速的腳步，在每次著陸時都微小地轉動一點角度。山姆已經關上了他的窗戶，但他回來時又自己開了一扇通風。他現在的生命完全依賴在那無意識的動作上——

第二扇。第三扇。他終於爬到自己的窗前，成功抵達。然而，情況似乎不對勁。他轉過身遠離窗邊，迅速朝上飛奔到五樓。他剛才所在的窗中閃爍出亮光，如低音鼓般的槍響沉重地響起，在四方空地上盤旋迴繞。

他再從五樓爬到六樓，最後到了屋頂。好傢伙，他可真愛惜生命！一路往上逃竄，窗內裡的人都無法抓到他，然而途中卻設有過多的階梯，重重阻礙了速度。

我的視線忙著捕捉眼前的事件，一切都來得太快。忽然間，伯伊恩出現在我身旁，同樣目睹著這一切。我聽見他喃喃自語：「我很不喜歡這麼做，他一定會跌下來。」

他站在屋頂的矮牆上，頭頂上閃爍著星星——凶星。他在那裡待了太久，試圖想在被殺之前殺人，又或者早就受傷了。

一道槍聲劈啪作響，在高空中爆裂，凸窗在眼前破裂，碎片飛散到我們兩人身上，身後的書本啪地一聲掉落。

這次，伯伊恩不再說自己有多麼不喜歡這麼做了。我的臉向外壓在他的手臂上，他手肘的後座力震得我牙齒發麻。我吹散煙霧，看清索沃德離去的背影。

這實在太驚悚了。他站在矮牆上，一分鐘後才開始動作。他拋開了槍，彷彿是在說：我不再需要它了。接著，他的身影也隨之往下墜落，完全錯過了防火梯，一路摔到外邊。他落下的地點太遠，撞到了一塊突出的木板，就這樣跌在視線之外。就像跳板一樣，他的身體撞到木板時彈起，隨後便落地，不再有任何動靜。

我對伯伊恩說：「我知道了，我終於知道了。他樓上的五樓公寓目前還在施工中，那裡的廚房地板比其他房間都還高。他們想要在遵守消防法規的前提下，以最便宜的方式，得到下沉式客廳的效果。把它挖開來……」

於是伯伊恩即刻出發，穿過地下室並越過圍欄，好節省時間。五樓公寓還沒通電，所以必須用火炬照光。他們沒有花太多時間，大約半小時候過後，他就來到窗前，對我擺手示意──沒錯，找到了。

忙著整理好現場，並帶走他們後，直到早上快八點伯伊恩才過來。被帶走的兩個人，一個體溫猶存，一個僵硬冰冷。他說：「傑夫，我把之前的話都收回。

我派去調查行李的那個蠢材——其實不太算他的錯，是我的錯，他沒有收到指令要查驗那位女子，只確認了行李的內容物，回來也只籠統簡述一番。我回家睡覺時，腦中突然砰地一聲想起整整兩天前，一位房客向我們提供的一些細節，在幾個重要點上與他的說法不一致。對事情的理解上，我們有時的確慢了些！」

「我一直以來也都是這樣，」我苦澀地坦承道，「我將之稱為延遲行動，而且差點因此而死於非命。」

「辦案是我的專業，你還只是業餘者。」

「所以你才會及時趕過來？」

「沒錯。我們原本要帶他去審問，結果發現他不在就埋伏等著，我則獨自前來和你商量。話說回來，你到底是怎麼知道，屍體是被埋在水泥地板的？」

我將詭異的同步事件娓娓道來：「兩人先前同時出現在客廳時，身高比例都差不多，然而在廚房窗前時，房東卻明顯比索沃德還要高出一些。大家都知道他們鋪設水泥地板時會在上面覆蓋軟木材，藉以提升地板的高度。而頂樓的公寓早已完工一段時間，所以只能是五樓那間了。我整理好了自己的推論，他妻子大概病了好幾年了，而他也一直處於無業，最終厭倦了一切——失業和妻子。遇到另一個……」

「我們今日就會逮捕那位冒名的女士。」

「他可能花上了大半的儲蓄為她投保，然後慢慢毒害她，盡量不留下任何痕跡。我猜——這純粹只是推測而已——妻子在案發那晚發現了他的所作所為，所以當晚的燈才會不同以往，一路開到天亮。可能是當場抓到的，也有可能是她自己臆測出來的。而索沃德才因此失去理智，一氣之下犯了他隱忍不做以久才幹的事——將他的妻子勒死，或是活活打死。他匆忙地靈機應變，想到樓上的公寓還在施工——那走運的傢伙——上去看到剛鋪好地板，水泥還沒乾，材料也還在。於是他在上面挖了一個洞，大小剛好足夠容納屍體，將她放進去後，再混和上水泥，讓屍體能完好地被覆蓋，可能也因此讓地板比平常高了一兩寸。隔天工人毫無察覺異狀，繼續在表面上蓋上軟木板。我猜索沃德應該用了他們的抹子來塗平表面。接著將行李箱的鑰匙給了幫兇，將她送到郊區的一座農場，他的妻子在那裡過了好幾年的夏天。但當然不是同一間，而是附近的另一間，如此便不會被輕易認出。再來，他將行李寄走，然後把舊明信片放到郵箱裡，甚至還不忘要糊掉年分和日期。接下來一兩週後，幫兇可能會以安娜·索沃德的名義，以及無法忍受長年的病痛的原因，在那裡『自殺』——寫給索沃德一封告別信，並在水邊留下自己的衣物。這招雖險，但很有可能成功騙過保險公司。」

伯伊恩在九點和其他同僚一起離開。我仍坐在房裡，心情激奮，難以入眠。山姆進房道：「普雷斯頓醫生來了。」

醫生揉著手說：「我想現在應該可以把石膏拿下來了。想必你也受夠成天坐著、無所事事了吧。」

——原以〈這必定是謀殺〉（It Had to be Murder）之名，於一九四二年二月刊登在《一角錢推理故事》（Dime Detective）的第三十八卷第三期。

Morning
After
Murder

謀殺案後
的早晨

02 謀殺案後的早晨 Morning After Murder

鬧鐘聲響起，彷彿一枚手榴彈在胸口爆破，將我澈底撕裂。眼皮尚未完全睜開，身體便開始下意識地套上衣服。低頭看到它們穿在身上，使我茫然納悶，自己是如何在毫無察覺的情況下，出於長期的習慣自動做出這些事的。

鬧鐘又再度鬧了一次脾氣，我狠狠敲下去讓它安靜下來。「好啦，我都起來了，你還想怎樣？」我埋怨道，一邊走進浴室刮鬍子。鏡中的自己看起來就像才剛經歷過一夜的煎熬，睡眼惺忪、眼袋肥腫。我真是不懂，八小時對一般人來說理應足夠，何況我十一點就上床了。一定是床墊的錯，我決定要和房東女士換一個新的；又或者只是工作太累了，我也應該要和警督請個假。而在這兩位之中，我寧願只應付後者就好，對前者則是敬而遠之。

才剛踏出房門第一步時，便聽到她衝著艾菲——有色人種的女傭——怒罵的聲音，彷彿煙火就在咫尺爆破。「怎麼會是開的？大門若是敞開，所有人都能進來！艾菲，妳最好馬上去盤點銀器，再去問問房客有沒有遺失什麼。幸好沒人在睡夢中被謀害！」接著她看到我，吸了吸鼻子輕蔑地說：「就算這裡一樓住了警探，也無法挽回！」

「我晚上回來時，可是不當班的。」我如此告知她，並看了看這場喧鬧的主因——前門的門鎖。「沒有受到任何人為的操弄，是這裡的人進來或離開時忘記關上，風又再度吹開的。」

「大概是住在三樓後方的舞女，那沒用的女人整天早上只會到處流蕩。」她馬上就下了定論。「下次抓到她，一定要好好處理一番！」

我深呼吸，提起勇氣行動。「您是否能夠幫我換個床墊，我總是都睡不好，應該是有點不平了。」

接著，她又再度點燃了煙火般的罵聲，連國慶典禮的表演都相形見絀、黯然失色。我的床墊可是她二年前的秋季才剛買的；屋裡都沒人有意見，唯獨我這高大的年輕男子有問題，真是可笑。她一點也不喜歡讓年輕男子來入住她的屋子，我則是唯一的例外（「沒人和我結婚不是我的錯，」我略微抗議，「女人也會有這問題。」）。她甚至更不喜歡警探，認為他們總在房間裡清理槍枝（「我根本不會在房間這麼做，」我更激烈地反駁，「我只在總部清理槍枝。」）。

當我走到轉角處攔下公車，準備要前往總部時，她強而有力的「表演」依然進行著。我在砲火的強勁攻勢下撤退，大概算是放棄了自己的請求。

我才剛到一小時，就接到警察從現場打來的電話。警督派了我和彼查一同前去。「有一名男子死因可疑，在唐納利街二十五號二樓前部，你們兩個一起去看看。」

在路途上的車中，彼查說道：「馬克，你看起來糟透了。最近不太好嗎？」

我回答：「感覺自己的精力被榨乾了，一定要和老頭子請個假才行。知道我最近怎麼了嗎？只要一回家睡覺，就會夢到一些東西，讓我一夜不得好眠。你有過這樣的夢嗎？」

「沒有，」他說，「我的夢就像水龍頭，能夠自己關掉，隔天起來就會全都忘光。你之前也是這樣。還記得第二年的時候，那樁混亂的案件終於破案的晚上，我們一起去看了唐老鴨的電影，你笑到從座位跌到走道上嗎？這就是我們在這行裡待下去的唯一方法，把它當作和其他工作一樣就好，放慢腳步、好好放鬆。沒必要對自己太過苛責，沒有好處的。」

我點了點頭，在到達時打開車門。「只要我們找出這次到底是怎麼回事，就可以好好放鬆了。」

唐納利街二十五號是一座廉價的黃磚公寓。門口的巡警說道：「繼續走，這裡沒什麼好看的。」從這裡看的確沒什麼好看的。「該看的在樓上的窗戶裡。」他對我們說。彼查二話不說便直接進入，我則待了一會兒，仰望著窗戶。只是兩面髒到看不清的玻璃窗。

隨後，我轉身看向街道的對面，沒有出於任何原因。那裡蓋有簡陋的單層房，連綿整個街區，大概是去年左右才建的，比這棟公寓新多了。「你要進來了嗎？」彼查在電梯裡等我。「在那裡看什麼？」

「我怎麼會知道。」我聳了聳肩回答，原本預期會看到一整排有褐砂石外牆的老式房屋，轉身時卻是一間間廉價的現代式房屋排列在眼前。我無法回答彼查的問題，因為自己也找不出原因來。或許因為這裡到處都散落著一排排褐砂石所建的建築，也才認為這裡應當如此；大概只是我一時的錯覺罷了。或更確切來說，那是一種帶有期望的錯覺，而最後還是落空了。見到那些房屋使我感到失落，好像被刻意蓋平成一層樓，而失去了原本擁有的高度。

門口的第二位巡警放我們進屋。一進去便是客廳，一切看起來都正常，未有刻意挪動與翻找的跡象。昨日的晨報散落在沙發上，看來死者生前還在閱讀；報中的標題就和購買它的人一樣，早已過時、陷入死寂。再往外走就是臥室，一名男子躺在床上，姿勢極為怪異，明顯死亡。

他的姿勢感覺就像要準備上床，但也像要下床一樣，介於這兩者之間。我看了一眼枕頭，便得到答案：他死於下床的過程中。枕上的凹陷和他的頭部在一側稍微重疊。因此，他曾經抬起過頭部，受到外物重擊後，又再次倒回枕頭上，但並沒有完全重疊到之前所在的凹陷位置。

一腿仍在被子裡，另一條則在地上，腳趾還套著拖鞋。被子在他身上呈三角形，靠近右肩和身體側邊，而正是那一側的腿不在床上。無論如何，這雙腿再也沒有支撐過他，也不再行走了。窗戶下方微開了一英寸的寬度，窗簾則拉起了一半。

除了一腿在床、一腿在地之外（這還不構成掙扎的跡象，頂多有動作中斷的意味），這裡幾乎不如客廳，沒有什麼值得注意的地方。

死者的衣服整齊丟在椅上，鞋子則置於椅下。矮櫃上放有未受挪動的三張一元鈔票和少量的硬幣，大多數的男人回家休息前，都會這樣清空口袋的雜物。我會說「未受挪動」是因為三張鈔票疊放在一起，最上面則壓著一把硬幣。儘管這些錢還在（可能額量太少，不足以提起兇手的興趣），但如此擺放確實說明它是未受挪動的。沒有入侵者會想費事檢查這筆小額的錢，又將硬幣放回鈔票上。

我在負責調查謀殺案的五年裡，學會如何觀察到這類微小的細節。只有在謀殺案裡，所有事物都能是證物，無論它們有多麼渺小不起眼。

我看了一眼手錶，初步調查臥室花了一分鐘五十秒，我們當然還會再進行更久的搜索；但初步調查只有這樣。我們結論是：除了死者歪曲的軀體和猙獰的臉龐，這裡就只是像有人正在睡覺的房間而已。

檢查員在幾分鐘後到來，當他忙著在臥室蒐證時，我們便開始盤問樓管與其他幾位鄰居。死者名為費班克斯，在聯合菸品店工作。據他們所知，他是一位勤勞、受尊敬的人；既滴酒不沾，也不迷女色，更不好賭博。他在鄉下有妻女，她們去度假了兩週，自己則留下來工作。

大樓裡有一對夫妻就住在走廊對面，他們認識死者和他的妻子。那對夫妻十分友善，會在他妻子去度假時，每日早上邀請他來喝咖啡，如此便不用在上班路上特地停下來買了。但當然，他晚上就得自己處理。

他們是首先目擊死者的人，鄰居妻子讓她丈夫去敲費班克斯的門，看看他為何還沒來喝咖啡；他們知道死者早上七點開店，而且時間已經快到了。他整整按了五分鐘的門鈴都沒有回應，嘗試要開門卻發現裡面是鎖的。他開始擔憂起來，於是下樓找了樓管來開門。門一開，眼前的場景便是現在的情況。

彼查問道：「你上次見到他是什麼時候？」

他回答：「昨晚。我們一起去看電影，十一點才回來。我們在他的門口道別，各自進到自己的公寓裡。」

我接著問：「你確定他之後沒有再出門了嗎？」

「十分確定。至少我們十二點前還沒睡的時候，都沒有聽到開門聲。而且我們進去不久後就開始下大雨，我不認為他會在暴雨中出門。」

我走進臥室，拿起鞋子仔細查看。「沒有，」回來時說道，「他沒有出門。鞋底是乾的，還沾有塵土，我一吹口氣就有灰塵飄起。」我看了壁櫥也發現他沒有套鞋。「如果他真是被謀殺，想必是有人在你們道別之前就進屋了。死者的姿勢顯示出，他並沒有起床為兇手開門，而是兇手自己偷偷溜進來的。」

並且，兇手也不是破門而進的，公寓的門沒有被動過手腳，客廳的窗戶緊閉著，而臥室窗戶只微開了一英寸，上頭還留著安全鎖——此外，窗外也沒有逃生梯或窗台。快速而不粗略地完成了查問，就已足夠建構這些要點。

「可能用了萬用鑰匙。」彼查說。

我問樓管：「你給一戶幾把鑰匙，只有一把或是還有備用的？」

「一戶只有一把。我們之前會給家庭住戶兩把，但是很多人搬走時都沒有歸還，所以之後都只給一把了。」

「所以費班克斯和他妻子只有一把，沒錯吧？」我進房找到了他的鑰匙，和店面的那把一起放在鑰匙包，還在他昨晚穿的衣服裡。我們將鑰匙插入門鎖，確定了正是這把沒錯，因此推論鑰匙並沒有弄丟，也沒有被其他人拿去做不當的用途。

檢查員出來了，我們讓目擊證人移步到外。他說：「是複雜性顱骨骨折，他的頭部被鈍器狠狠重擊一下，時間點大概介於午夜和早晨之間。他的顱骨比一般人還要薄，應該是骨頭碎片刺穿了大腦，才沒有出血，只有耳內和頭髮上有滲出微量的血而已。

「一擊斃命嗎？」

「不到一兩分鐘就死了。就這樣，我先走了，再會。」

我打給警督告知目前的狀況，他說：「好，你們兩個繼續偵辦。」

幾分鐘後，電話響起，是費班克斯的公司，他們想確認為何他的分店沒有準時開門。

他們自己打來，可省了我一道功夫。「這裡是警察，他已經去世了。」我回答，並詢問有關於死者的經歷。

「他是很傑出的人，在我們這裡工作七年了。他是……他是個好人。」

我接著問是否有任何舉報或紀錄，表示他和顧客或員工相處不和。

電話另一頭的男人說從來沒有，一次都沒有。他受人喜愛，其中一家分店有很多顧客都認識他。他幾年前被派去另一家工作，但是有太多人來詢問，所以又把他派回原本的分店。「這在連鎖店企業裡可能聽起來很奇怪，但確實有許多人很想他、要他回來。」

掛斷電話後，我轉過身問彼查：「你能想到任何殺人動機嗎？」

「和你一樣，十分有限。沒有被劫財——其實也沒什麼錢好偷——沒有仇敵，也沒有壞習慣。」

「萬一兇手殺錯了人呢？」

「不然原本要殺誰呢？一樣沒錢、沒仇敵、沒壞習慣的人嗎？」

「不要用問題回答我的問題。」我低下聲請求。「我們必須從某個方向開始。你覺得檢查員提及的鈍器去哪裡了？」

「大概是被兇手帶走了。」

與此同時，費班克斯被抬了出去。我早已見過許多死者，這次也不足為奇，連轉頭看一眼也沒有。他們的生命結束後，我們的職責才開始。指紋採樣員在房間各處灑下少許的粉，並打包能夠採驗的東西離開。「等一下！」我讓他們回來，並指向天花板。

「你不會是想讓我爬上去吧？」他們語帶嘲諷。

「燈都開著，不是嗎？案發以來就一直都開著，我查實過了。開關就在門旁邊，而且他的腿伸出一半就被謀害了。現在告訴我，你採集那塊小按鈕上的指紋了沒？」

光看他們的表情便知道答案，實在太過明顯。「我們可以互換工作。」其中一人說。

「你們連自己的工作都做不好了。」我不友善地答道。

他們感到冒犯，完成後便一語不發地離開。

我們繼續工作。我的背依舊隱隱作痛，都是那該死的床墊害的；連眼皮也沉重到差點就要闔上。

「我想起一件事。」彼查呼喚，我走到客廳。「昨晚什麼時候下雨的？它應該在這裡。」他拿起費班克斯永遠讀不到的那份晨報。我們終於有所進展，透過迂迴間接的方式，在與其他事物的關聯中找到線索。「雨從十一點五十五分一路下到半夜兩點。」他用指甲輕敲了一下物件。「兇手在二點半到日出之間的時段進來的。」

「為何不是下雨的時候？」

「天哪，馬克，用你的眼睛看清楚！你難道沒看到地毯上那一點乾泥嗎？一定是鞋子上的髒汙。你有看到任何水漬嗎？沒有。這種地毯的材質混合毛氈和廉價絲絨，只要沾有汙漬很快就會顯現出來。兇手的衣服是乾的，鞋底也有泥土，可能在足弓下面。所以他是在雨後進來的，然而地面並未全乾。」

「我找到了更多的泥土。」我蹲身子，下巴接近膝蓋。就在床邊，顯示出兇手重擊死者的位置。儘管屍體被移走了，枕頭也沒有被移位，其中一個枕頭上還留有鐵棕色的漩渦紋，看起來就像木頭上的節孔。我站在那塊小汙漬上，僵硬地揮動雙臂滑出一道弧形，朝枕頭上放劈下。但著陸的位置太遠，使兇器攻擊這一說行不通；不管那東西有多粗短，都應該只會擊中肩膀附近，而非頭頂。然後我想起來，當他被攻擊時並沒有平躺著，而是掙扎著坐起來，用一隻腳探索他的拖鞋。

我將目光集中於一個假想點上，那是他坐起時頭部的位置，然後揮動拳頭攻擊——握緊的拳頭和假想點之間，只有大約兩三英寸的距離。這段距離就是兇器的發揮空間，我思索著，究竟是什麼物品是如此粗短，卻仍能夠造成如此大的傷害？

我聽見彼查在窗外吹口哨找我。「我找到一個足印，很完整的足印！」他歡欣地喊道：「簡直是個寶，從頭到腳都很完美！看看它！還不能斷定是不是闖入公寓的那個人，但我肯定不會放過這個線索。」我替他打了電話派人帶石蠟來採樣，他則小心翼翼地用口袋裡的手帕蓋住足印，保護它免於損毀。我們接著站在一旁守衛著。

這次還算是一個不錯的發現。一條水泥人行道沿著公寓大樓鋪設，它和建築之間隔有大約三碼寬的土地，最初是為了裝飾目的而設置，即便現在連一根草都沒有。人行道會跨越那塊草坪，進而延伸到前門，兩個直角因此形成；正是在其上，出現了可疑的足印，朝向著建築內部。

「兇手沿著人行道走來，」彼查推論，「並轉向門口走去。他沒有一路走著人行道，而是在轉角抄近路走草坪，於是左腳就踩到了泥土上。這個足跡不會是送奶員留下的，他們都會直接從路邊走過來，而足跡的主人則轉了半圈才進去。我敢打賭這就是我們要的線索！」

「同意。」我點了點頭。

「目前除了那傢伙的身分之外，什麼都有了。橡膠鞋跟在後部的半圓處有磨損，鞋頭處則有防滑釘。」

我們一直在周遭徘徊，直到上了油注入石蠟，確定拿到樣本為止。他們還在樓上房裡，取了乾泥的顯微鏡樣本，和足印一起被送去實驗室檢驗。

「是個相當結實的高個頭兒，鞋碼十號半。」彼查拉開量尺測量。「即便地面潮濕，他的體重還是能夠使步伐牢牢按在地面上。」

「那大概就和我差不多了，我自己就是穿十號半的。」我將腳從水泥地上抬起，試圖與足印相匹配，但他沒有等待便進去了。對面的街上還有一排零散的圍觀者，都在默默觀看著現場，我立刻轉過身跟著他一起進去。畢竟在這時候，我也沒必要確認自己的尺碼到底多少了。

「好吧，無論如何，我們已經有了一些線索。」他再回到樓上的路上樂觀說道。「兇手的身高大概會在六英尺一英寸左右或之上，體重至少在一八〇磅到二二〇磅之間。只要能從模具中得到足印的樣本，我們就可以跳過所有的矮子和瘦子，直接從修鞋店開始追蹤。」

「然後就像童話故事一樣，找到『那位男人』。」

「你這形容可不恰當。」他咧嘴笑著說道。

我告訴他自己在床邊測量的一事，並再次示範了一次；他因為手臂不夠長而無法自己嘗試。「除了槍之外，還有什麼東西能在這兩三英寸之間的距離，成為殺人的利器？一定有手柄可以緊緊握住。」

「我們開始澈底搜索吧，連一半的進度都還沒完成。」他開始一層一層地拽出櫃子的抽屜，我則再度走入另一間房，轉身向暖氣走去，將手臂放入暖氣與牆壁之間，並拿起一個板手。

「在這裡，不用找了。」我喚道。

彼查進房一探究竟，一看我的姿勢便知道它來自何處。他拿起來仔細端看，上面很明顯可以看見一簇細髮、顱骨碎片——又或是頭皮的殘骸？——黏附在其粗糙的邊緣上。

「沒錯，馬克，就是這個。」他低聲說。突然間，他不再細看著凶器，而是凝視著我。「你是怎麼知道它在這裡的？你直直朝著暖氣走去，不可能看到它就藏在後面；我可沒聽見你停下腳步查看。」

我無助地看向他。「我不知道，我什麼都沒有想，我只是……只是下意識地走到暖氣旁，伸出手就找到了。」

把手從我手中滑落，重落在地毯上，發出沉悶的聲響。我將手背撫過額頭，茫然地自言自語：「我不知道……」

「馬克，你太投入了。天哪，快回家休息，放鬆一下吧。誰在乎你到底是怎麼找到的——你就是找到了，這樣就足夠了！」

「警督派我來，我就要待在這裡直到結案。」我堅持著，即使頭腦早已陷入昏沉。

樓管毫不猶豫認出把手是他的，並簡單說明它的來由：幾個月前的春天（那時暖氣還開著），他曾在這裡修理，很顯然就把它遺忘在這裡了。

「先生，這對我會很不利嗎？」他焦慮地想尋求寬慰。不知何故，當他們感到害怕時，總會稱呼我們為「先生」。

彼查粗聲粗氣地說：「會，但我們會盡量避免這種情況。」樓管是個骨瘦如柴的小個子，體重大約一三〇磅，鞋碼較小。彼查指了指門，示意他可以離開了。

「等一下，」我出聲叫他停步，「我想問你一個問題——無關案件。」我們走向窗邊往外看。「對面街上那裡，之前是否有一整排有褐砂石外牆的老式房屋，還有蓋得很高的門階？」

「啊，是的，沒錯！」他點了點頭，對於話題變得相對無害，而感到高興。「它們一年前就被拆掉了，現在則蓋了臨時房屋來支付稅金。你記得那些屋子？」

「不記得。」我緩慢地說、極為緩慢。我不停地左右搖頭，目光茫然地向外凝視。我能感覺到——而非看到——彼查焦慮的視線鎖定在我身上。我再次以手撫過前額，語帶無助地說：「我不知道自己為何會如此問你。我從未見過它們，又該如何記得……」我赫然中斷，轉向樓管問道：「這個地方、這條街，一直都叫做唐納利街嗎？」「不是，這個你也知道。之前叫做金斯伯里路；大約五年前改名的。至於原因，我則不清楚。」

這個名字在我腦海中響起，如砲彈爆破照亮一切。我一掌拍下自己的頭，並鬆了一口氣，再越過樓管向彼查說道：「難怪！我之前住過這裡，就在同間大樓、同間公寓——金斯伯里路二十五號。那是十年前的事了，我那時還在培訓學校，父母也還活著，願他們安息。自一小時前下車以來，我就一直感到困惑，這裡是如此熟悉，卻又非常陌生——更改了地名，對面的地標也被拆除。」

「這棟公寓大樓也改造過，」樓管明智地插上話，「拆了外面的逃生梯，外部則整修得更現代一點。跟之前的樣子完全不同了。」

彼查對這些話題不感興趣，因為都和案件無關。他指著把手，轉回正題：「我想這凶器的指紋大概毀了，因為你剛才徒手拿過。」

「但我只抓著最下方，兇手可能拿過的其他地方都沒碰到。根據乾泥所顯示的位置，他一定是握著上面的部分，如此攻擊距離才會變短。」

「反正都會送去檢驗的。真是奇特的巧合。費班克斯一定是在那裡發現了它，又拿出來放在外面，打算要還給我們這位朋友。然後入侵者闖入後，就用它來重擊受害者頭部，出去時又把它丟回去原本的地方——真是古怪。」

「確實古怪。走進別人家打死人，什麼東西都不碰就離開。完全找不出任何動機。」

「我會把這個交給指紋採樣員。走吧，這裡目前沒有其他事可以做了。」

彼查在車上注意到我的沮喪。「別讓它影響你了。我們進展得很順利，幾乎就像照表操課一樣。找到了完整的足印，現在又有了兇器。更何況連十二小時都還沒到呢。」

「也有了頭痛。」我緊皺著眉低聲說。

「我們也或許能從他妻子身上得到線索，她今晚就會從鄉下回來。到目前為止，我盤問過的每個人都把她捧上天去，但背後總會有其他人對她有意思。等我看到她的長相後，就能確認是不是如此了。」

「我不同意。如果是因三角戀而引起，兇手就會將現場偽裝成竊盜——或其他足夠混淆我們偵辦方向的東西——來掩蓋殺人動機。他也知道故意留下空白，會讓我們更快地進行辦案……」我突然停下思索。「但到底為什麼要這麼做？」

車子停在我的住處前。

「去吧，下車，進到屋子裡去。」彼查口氣不好地開了車門鎖，並推了我一下。「你一整天下來都一副死人樣，看起來累斃了！快去小睡個半小時，之後我們或許還會去其他地方辦這樁案子。同時間，我會去處理鞋印的樣本。晚點總部見。」

我抗議：「在工作期間回家睡覺，警督聽到會不開心的！」

「案子還會在進行中，我不會在背後偷偷來。你的狀況再這樣下去，會讓我們延後進度的。等休息過完後，足印和泥土的檢驗報告應該也都好了；我們再從那裡開始。」

他將車開走，中斷我不情願的爭論。我轉身走向大門，摸索找著鑰匙，想開門但鑰匙卻卡在門鎖中打不開。搖晃、扭轉、戳捅，鑰匙都起不了作用，門鎖依舊打不開。我埋怨地疑惑著：「老太婆到底到底做了什麼？因為早上發現門開了，就擅自換了門鎖，還不告訴任何人？」我逼不得已按了門鈴，即便深知隨後會爆發另一場衝突。

不出所料，眼前隨之變暗，她的臉出現在敞開的門口。「哦，瑪奇斯先生！你怎麼了，弄丟鑰匙了？你也知道，我整天除了在樓梯跑上跑下幫人開門，都沒什麼事可幹，而他們明明就有鑰匙可以用！」我暴躁地說道：「哦，安靜吧，妳根本就把鎖給換了。」

「我才沒有！」

「那好吧，如果妳這麼覺得，就自己來開開看。」

她照做，也和我的結果一模一樣。她將鑰匙拔出來細看，接著便怒視著我，將它摔到我的手上。「這才不是我給你的鑰匙！沒用對鑰匙，是要怎麼打開門？我不知道你是從哪裡拿來的，但這不會是這裡的鑰匙。我給的鑰匙都是全新的；你自己看看這把有多老舊。」

我更近一看，發現她是對的，要不是我精神狀態不好，就能在第一時間認出不同。

在她的緊盯下，我開始探索口袋上下，感覺自己真愚蠢。對的那一把出現在大衣口袋裡，插入門鎖中扭轉便打開了。

然而，我的房東從不會錯過如此有利的機會，一定不會讓它被白白浪費掉。

當我還在思索這把奇怪的鑰匙從哪裡來的時候，她便關上了大門，跟著我走進大廳。「呃哼——既然你早上對我抱怨了床墊，那我也有一件事要抱怨，而且更重要！」

「什麼事？」我問。

她插腰說道：「你真的有需要穿鞋上床睡覺嗎？尤其是你踩過泥地之後！我一直想降低洗衣用水的帳單，但艾菲今早說你底部的床單滿是乾泥！瑪奇斯先生，若是再發生一次，我就要跟你收取額外的費用了。難怪你會說自己睡不好。你只要像正常人一樣，脫掉鞋子……」

我激憤地回覆：「是她胡言亂語！我此生從來沒有……妳想說什麼？我可不是動物，不懂得這些道理。」

她立刻大喊：「艾菲！麻煩妳把瑪奇斯先生今早沾滿泥土的床單拿來！我要讓他自己看看，應該還沒洗，對吧？」

「還沒，女士。」艾菲前去拿取。

我們還在等候的時候，我一直以最奇怪的眼神注視著她，但從她的表情就可以看出，她不瞭解是什麼意思。不怪她看不出來；那是當你無能為力時，希望對方向自己伸出援助之手，但同時也知道他們不能時，所會做出的眼神。你希望他們給你一個解釋，而非自己給予他們，且你非常需要它，即便只是一個字也好。

我記得很清楚，昨晚睡前有將鞋子脫下。記得自己坐在床邊，全身疲乏無力，嘴上邊咕噥著邊試著脫鞋。記得鞋帶綁的結如何支撐著鞋子，記得我如何掙扎著要脫下，記得我如何在過程中咒罵（大聲且極為辛苦地），以及最後如何猛力地將鞋子從腳上甩開。記得那股力道如何將它拋離一小段距離，接著側翻倒在一旁。這一切皆全然真實，並非虛假捏造；這一切都有如實發生；這一切都在腦海中重新浮現，是如此清晰又確切。

在費班克斯的公寓裡的詭異感覺，又再度湧上心頭，變得更加強烈。似乎有祕密隱藏在角落無法發掘，不斷逃離思緒的掌控；也像一扇旋轉門，不停越過該抵達的地方，但每次皆會錯過落空。那些突然變成一層式建築的屋子。突然從暖氣後方出現，不知不覺就落在手上的螺絲板手。無須用手就自己穿回腳上的鞋子，就像迪士尼卡通的魔法，擁有翅膀能夠移動。疲憊的精神、模糊的意識、身體不適卻又試圖追捕健壯兇手的警探。

艾菲和老太婆將床單攤開，好像準備要接住從樓下掉落的東西。「你自己看看！這床單昨天早上才換過！你就告訴我……」

我不想告訴她任何事，又有什麼事能告訴她呢？床單上到處都是沾滿泥的鞋印，就像拉長的馬蹄印。我不再專心聆聽，而是想起某件無關於床單的事——如同那把手重重砸向費班克斯，這件事也狠狠擊中了我。

我突然想起上週日晚上——也就是前一晚——自己在一個舊提箱裡翻找東西，發現多年下來累積過多的雜物。我將其中大部分都拋棄，只留下一把生鏽的舊鑰匙，因為不記得它是用於哪一個門鎖，所以認為最好先保留下來。由於當時沒穿著外套，便暫時塞入外套口袋裡。

彷彿正在照著兩面鏡子一樣，或是將手電筒照向牆壁，看見其呈現出的蒼白顏色一般，看著她們表情中所反映出的恐懼，我就知道自己的臉色有多慘白。

「我馬上回來。」說完話後便立即離開大樓，留著大門敞開。我向路過的計程車招手，並衝上了車。

車子一路開到了唐納利街二十五號。此時的天色尚未昏暗，還亮得足以看清。我下了車，如同步入自己的末日般，緩慢僵硬地穿過人行道，駐足在彼查發現的足印旁。它的細節已被抹去了一大部分，但比可見。我將左腳緩緩舉起，並輕輕覆蓋其上。

兩者是如此相配，彷彿就是出自同一人。過了一會兒，我將腳底轉向自己，茫然地觀察著——鞋頭處的防滑釘、橡膠鞋跟在後部半圓處的磨損。

我搖晃不定，伸出手試圖找到門口支撐，司機大概認為我要跌倒了，便下車想過來幫忙。然而，我馬上又站穩了起來，進到屋子裡去。

上樓到費班克斯已經深鎖的公寓，我拿出兩天前在舊提箱找到的鑰匙——即不久前誤用來開鎖大門卻失敗的那一把。門打開後又向後倒去，沒有發出任何雜音。

「可能是爸爸的鑰匙，」想起過去使我感到悲傷，「又或是媽媽很久以前留下的。」我沒有進去，只是將門拉向自己後，又再度關上。回憶頓時湧上腦海，門的亮綠色澤逐漸黯淡，變回老式的胡桃木色。「這曾經是我家的門，過去常常經過它，在此的另一邊，就是我過去的家。」我將額頭靠在門上，渾身感到不適，充滿恐慌與畏懼。

還未踏進半步，我便下樓離開，在電話亭打給彼查。「來我的住處。」說完簡單幾個字我就掛斷了。

「我真不應該當警探的。」我大聲說出內心話，毫無察覺司機就在不遠處。

他一聽便立刻說道：「什麼，你是警探？你看起來狀態好糟。原來你們也會生病呀？我以為你們從不會這樣。」

「我們也會的。」我嗚咽地發牢騷。

我待在自己的房間等待彼查，在身旁準備好沾滿泥土的床單（作為證據；把警探的職責做到底）。他看見我盯著白牆發楞，好像真的有看見東西似的。「剛打給我的是你嗎？」他滿是疑問，「你聽起就像喪禮的哀悼者……」

「彼查，」我的聲音空洞無神，「我知道是誰殺了那傢伙——費班克斯。是我。」

他差點嚇得叫出聲。「我就知道！你終於工作過度到崩潰了，簡直瘋了。我現在就去找醫生來！」

我將床單拿給他看，並告訴他關於鑰匙和足印的事。我焦慮到牙齒不停打顫。「我今早一起來就精疲力竭，連褲子穿上了都沒意識到。看到褲子滿是皺紋，我現在才發現自己一整晚都穿著它睡覺。有人一早發現這棟樓的大門敞開著，而且當時所有人都還在休息。是我在那之前出門又回來的。

「我從前住過費班克斯的公寓，而且昨晚還回去了那裡。你今早沒注意到，我是如何下意識地發現那手把的嗎？」我低下頭，不敢看他。「可憐的傢伙，他甚至還有妻兒要養。我沒見過他，他也沒傷害過我。我跟你提過，最近很常夢到之前處理過的案子，而這次的夢真的活過來自己行走了。

「我一定是在睡夢中，帶著滿是犯罪的心思，到了好久以前住過的地方。以為是自己的房間便打開了燈，將他誤認為是入侵者，並拾起螺絲把手攻擊——這一切都發生在夢中。」我渾身顫抖著。「我就是一直都在尋找的兇手。我就是殺人兇手——而且我之前甚至也不知情！」身體越發不受控，抖得厲害。「一直以來，我都在追捕著自己，同時扮演著兩個角色！」我遮住雙眼。「我要瘋了。」

房間裡有一個小瓶子，是聖誕節收到的禮物；我從不使用不值一提的東西。他將封口打開，倒了一杯水給我，自己則沒喝。我心想，他正處於值勤的狀態。彼查打開門望向大廳，確認沒有其他人後，便關上門走進。

「馬克，」他的語氣帶有一絲悲觀，「我不會叫你忘記這件事，也不會說你是瘋了，更不會說這些是一派胡言。我希望可以如此，真的。但就我看來，你肯定脫不了關係。」

接著，他的表情下沉，彷彿接下來說出一字一句，都會提前嚐到腐爛、發霉的味道。

「你真的做了。我認為是你，一定是你。」

我毫無回應，心底早已深知，十分確信。

「就目前的結果來看，把手上唯一的指紋只有你和費班克斯的。（他顯然不會拿來重砸自己。他的指紋顯示，第一次在暖氣後方發現把手時，他將其以橫向的方向取出。）你自己推側，兇手會握著把手的頂部，你自己則是碰過底部，而這兩者的指紋卻相符。從電燈開關上取得的大拇指印，也是你的。並且，燈早在我們到達前就亮著，我自己就是證人。

「最後，我也找到符合相同鞋印的修理店。這並不難找；很少人會穿釘鞋，這種尺碼更是少見。」他的語調緩慢，彷彿自己不想如此，卻又逼不得已。「修理店也不難找，它就開在總部下方的轉角處。我起初還不帶任何期望，只想進去詢問一些意見，沒想到老闆一眼就認出是他修的鞋。他說這六個月以來，只修過一次這種鞋子。他也告訴我：『就是修你夥伴的鞋，你在總部叫馬克的那位。』

他甚至還記得，你會穿著襪子坐在隔間等他，因為你說自己只有一雙鞋。

「直到我剛才過來，然後你告訴我自己做了什麼，這一切才說得通。我記得一開始甚至還罵了你，因為我以為早上在那裡時，你只是把工作搞砸了，也一整天半夢半醒的——留下足印，又弄髒板手，又按到開關。儘管事實是：我親眼見到燈早就亮了、你根本沒有觸碰到手把頂部、抵達時的泥土已經太乾不足以形成足印。」

窒息，感到喉嚨被扼住。「你親眼所見的一切，與我所說的事相符。你看到的事正如心裡所想，必定有發生。我們各自透過專業，找到正確的解答。即便我記不得了，仍有證據證明自己就是兇手——睜大著雙眼做夢，走進那裡行兇又沾滿泥土歸來。我究竟該如何是好？」

「我告訴你該怎麼做。」彼查用粗糙的低音和我說道，邊朝著我傾身，將手放在我的肩膀上。「你只要好好閉嘴，忘記這整件事情就好。把你在這裡對我說過的一字一句都遺忘掉，懂嗎？我什麼都不知道，你也什麼都沒有說。這樁謀殺就永不破案。」

我轉身遠離他。「因為我是你的夥伴，你才會試圖這麼做。現在告訴我，如果是你，你會怎麼做？」

他嘆了口氣，心不在焉地笑了一下，轉過身放棄嘗試。「反正你自己已經有打算了，那還問什麼？」

彼查神情恍惚地看向窗外，看起來很沮喪，正在憂思著什麼。我低頭看向地板，雙手遮住臉龐，感到更加難受。

最終，我站起身並戴上帽子，問道：「走嗎？」

他同意。「我開車送你一起，反正都還是要回去的。」

在車上，彼查說道：「這不是你殺的第一個人了。」語帶猶豫，彷彿是意識到說這件事情會很難堪，尤其是這種時候。

「沒錯，但他們都是罪犯，而且當時都要置我於死地。這次不同，他不是罪犯，受法律保護，而我親手在他自己的床上殺了他。」

「會沒事的。老頭子會知道該怎麼辦。啟動調查、再准許病假，可能休息個一陣子。」

「這麼做也無法挽回費班克斯的生命。我的餘生都要揹著這分愧疚與罪惡入睡了。」

「沒有事物是長存的。紐約市長自己也做過……記憶始終都會消散。安詳的睡眠也總有一晚會歸來。一年後，你會再度和我一起到處偵辦案子，調查泥土、調查燈光開關。」

我心中深處知道他是對的，但這並沒有使今晚變得更加輕鬆。今晚就是今晚，明年後的今日就是明年後的今日，兩者永不相遇。中間這一年，是我必須付出代價的時期，而我也準備好了。

到了警督的門前，彼查沒有和我握手，否則會太戲劇化，只是……

「馬克，我們會再見的。」

「我們會再見的。」

失去了夥伴一定很痛苦，無論什麼工作都是一樣。

我打開門走進，不發一語，一路走向他的辦公桌前站著。

警督終於抬頭看了一眼。「瑪奇斯，怎麼了？」

「我把謀害費班克斯的兇手帶來了，警督。」

他環視了四周和我的身旁，除了我，別無他人。

——原先以〈我心中的謀殺〉（Murder on My Mind）之名，於一九三六年八月刊登在《推理小說週刊》（Detective Fiction Weekly），並以〈謀殺案後的早晨〉之名重新出現於一九五二年的選集《藍鬍子的第七任妻子》（Bluebeard's Seventh Wife），和二〇〇五年的選集《今夜，紐約的某處》（Tonight, Somewhere in New York）。

Two Murders,
One Crime

兩宗謀殺，
一樁罪案

03兩宗謀殺，一樁罪案 Two Murders, One Crime

那一夜，和先前的所有夜晚都沒有區別；蓋瑞．賽文如往常在十一點四十五分脫下帽子，掛上門旁的掛鉤，並轉身對他美麗又溫和的妻子說：「我應該會出門一下，去買個午夜報回來。」

「好的，親愛的。」就如先前的所有夜晚，妻子在他身後的房間點頭回答。

他打開門，卻站在門檻上猶豫不決。「我其實有點累。」他邊說邊打呵欠，用手遮住張開的嘴。「或許今天就不去了，不買一次也不會怎麼樣。反正每次讀不到兩頁就睡著了。」

她默認：「既然很累就別去了，親愛的。反正也不重要，何必逼自己呢？」

「是啊，沒錯。」他承認。有一瞬間，他似乎打算走進來並關上門，但又聳了聳肩說道：「哦，好吧。都已經戴上帽子了，還是現在就去吧。我幾分鐘後就回來。」接著便關上了門離開。

究竟誰知道什麼是重要的，什麼是不重要的？誰又能辨識出微小的事，最終將會成為整串事件的轉捩點？

他在門口停頓一下，打了個哈欠，前往街角買一份兩分錢的午夜報紙（反正讀不了多少就會睡著）。

今日是這一年的第一百八十一天，在此之前的一百八十天裡，他都在同個時間點出門買報紙。哦不，除了其中一晚有暴風雪之外，其餘的一百七十九夜都是如此。

他走到街角並轉向，再經過一個街區，穿越漫長的路抵達攤販。那裡只有一塊設在人行道的木架，上面堆滿了報紙。小報總會是首先發行的，但他要看的是一般報紙，內容較多且製作較繁雜，所以總是最後才送達。

報攤老闆認報不認人，儘管不知道他的身分，卻也知道他閱讀什麼報紙。

「還沒來，」老闆招呼了他，「很快就會到了。」

為什麼人會在讀特定的報紙一段時間後，拒絕購買另一份報紙來代替它，儘管兩份報紙都載有相同的新聞呢？這又是另一件微小的事嗎？

蓋瑞・賽文說：「我在這社區逛逛，可能回來的時候送到了。」貨車會在十一點半開離市區的工廠，由於諸如交通或天氣等因素，很少會在十二點前送達這麼遠的地方。今晚也毫無例外，一如往常地遲到。

他沿著身後的下一條街走去，繞過轉角再繼續前行，便再度回到原本的街上。他一手插著口袋，一手在外擺動，邊用口哨吹著幾個〈埃爾默曲調〉的小節，再來換〈玫瑰之日〉接下去；節奏和旋律很顯然都不太精準。這只是他無憂無慮的一種表現，內心也同時思考著：「真是個美好的夜晚。不知道剛才撞到屋頂的星星叫什麼？我從來都不太懂天文。今晚的節目的確很有趣。」他邊回想邊微笑著。「哇，好想睡覺，真希望剛才沒有出來。」

他走到家門前的對面，緩下來，猶豫是否要拋下報紙、直接回家。但隨後又繼續步伐。「都已經出來了，反正報紙就快到了，去一去就馬上回來。」微小的事。

卡車剛才抵達。當他再次繞過轉角時，正好看見一綑包裹扔在柏油路上，讓攤販前去取走。走到報攤時，老闆已經將包裹拖到路旁、切開封皮，並布置到木架上販售。一些在旁等待的顧客圍上，老闆在其中忙著交付報紙與換零。

蓋瑞．賽文鑽過人群，從報紙堆中取出一份，卻發現有另一人也同時握著同一份報紙。來自兩個不同方向的輕微拉扯，使他們的目光轉向彼此，若非如此，他們可能都不會正眼看對方一眼。微小的事。

沒什麼要緊的。蓋瑞．賽文親切地說：「拿走吧，給你。」並讓出那份報紙。

「他一定認識我」的這個想法閃現於他漫不經心的思緒。對方又將目光轉回來，而他自己卻沒有，不再注意這件事。將五分錢交給老闆，並取回兩分錢後，他隨即轉身離開，借助一旁相當充足的商店燈光，邊走邊閱讀頭條新聞。

當他這麼做的同時，也隱約注意到有其他許多的腳步聲，跟著他往同樣的方向離去。他在街角轉進岔路，走回自己所住的街上，繁雜的腳步聲逐漸消失在身後，獨留一對腳步沿著他走過路跟隨著，但他毫無察覺。

光源被拋在後頭，紙上的文字變得黯淡模糊，他便無法繼續讀下去，於是將其折起，待回家再繼續讀。

另外一個步伐仍在幾碼遠的後方持續前行，而他還是沒有特別注意。但又何必呢？街道為人人共有，也有其他人跟他一樣住在這裡。身後的步伐和他毫無關係，他沒有那樣的心思去格外在意，也向來如此過著生活。

他走到家門口，在門旁摸索身上的鑰匙。（這時身後的腳步應當直接經過了）他無心在意更多，並拉開大門踏進一腳。然而，那個腳步卻與他並肩而行，一隻手落在了他的肩膀上。

「等一下。」

他轉身一看，是那位拿同一份報紙的男人。難道他就要為了這種小事，特地來吵一番……

「表明你的身分。」

「為什麼要？」

「我說表明你的身分。」那男人用另外一隻手制服他，快速到他尚能理解發生了什麼事。

「這是要幹嘛？」

「要你表明自己的身分。」

「我叫蓋瑞・賽文，我住在這裡。」

「好，你最好跟我走。」放在他肩膀的手下移，緊緊抓住他的手臂。

賽文以盡量息事寧人的態度堅持道：「哦不，除非你告訴我要幹嘛，否則不會和你走。你不能就這樣在我的房子外對我……」

「你不會是想抗拒逮捕吧？」男人建議道：「是我就會乖乖接受。」

賽文一臉茫然。「逮捕？逮捕我做什麼？」

對方發出笑聲，但嘴唇卻沒有隨之彎曲。「我應該不用告訴你吧？涉嫌謀殺而逮捕。就在法拉古特街企圖搶劫的過程中，犯下罪刑最重的謀殺——謀殺警察。你、現、在、記、得、了、嗎？」

涉嫌謀殺而逮捕。

他在內心重複著這段話，卻不感惶恐，因為這段話毫無意義，就像被誤認為二、三〇年代在美國紐約相當活躍的黑幫分子杜奇・舒爾茲一樣，只是個不尋常的誤會。現在看來，他可能還要花上好幾個小時才能上床睡覺了，甚至可能還會害他早上工作遲到。

他唯一能想到要開口的話，只是個十分微小的傻事：「可以讓我進去放報紙嗎？我老婆在裡面等，我還要告訴她可能會離開個半小時多……」

男人點頭同意，並說道：「當然可以，我和你一起進去一會兒，讓你放報紙、和妻子通知。」

一個生命便如此潦草結束，它最終的發出的音節是：「先進去放報紙嗎？」

×××××

牆上掛著一張典型的視力測驗圖表，頂部的字母逐漸往下變小，最後成為指甲大小的小字。警探們在等待的同時，做著視力表上的測驗。在房間另一側的大多數人，都只能停留在底部倒數第四行，也就是正常的視力。有一人能夠看到倒數第三行，但在十個字母中錯了其中兩個。從沒有人能繼續往下測驗。

對面的門打開，諾瓦克女士被帶進來，她手上還拿著針織物。

「在那裡坐著，我們先測試妳的視力。」

諾瓦克女士聳肩。「不需要測試眼鏡嗎？」

「妳能看到哪一些？」

「全部。」

「能夠念出最底部的字母嗎？」

諾瓦克女士再度聳肩。「誰不能？」

「百分之九十的人都不能。」其中一名警探對他身旁人的咕噥。

就像朗讀驚悚的新聞標題一樣輕鬆，她迅速說出圖表底部的字母：「p、

t、b、k、j、h、i、y、q、a。」

有人吹出一聲口哨。「是遠視吧。」

她自滿，將眼光放回針線。「我也不知道。只希望你們能夠趕快完成，一直讓我進進出出的，害我都不得專心工作。」

門再度開啟，蓋瑞・賽文走進來，被重重的警察包圍著，他的人生已截然變樣。

接下來的事情進展迅速，猶如死神倉促拜訪。

她抬頭、觀察，並點了點頭。「就是他。我看到的，槍聲響起後跑走的男人，就是他。」

蓋瑞・賽文沉默。

當時在場的警探——艾立克・羅傑斯——也一話不說。他只是在一旁，目睹著一切而已。

××××××

另一位主要的目擊證人叫做史東姆，他是註冊會計師，專門與數字打交道。就證人的身分而言，他是個好人，也能夠看到倒數第二行，視力比其他警探都還要好，只略遜於諾瓦克女士一籌。只不過他是戴著眼鏡的，兇手逃跑將他撞倒在人行道時，也一樣戴著眼鏡。當時在離案發現場不遠的地方，兇手對他開了一槍，但奇蹟似地逃過了一劫，他也隨後馬上躺倒裝死，才得以躲過第二次更精準的射擊。

「你知道這事有多重要嗎？」

「我知道，就是因為如此我才有所保留。我並非百分之百確定，只大概百分之七五確認是他，百分之二五不確定。」

一旁的警督告誡：「你剛才所說的都不納入考量，只有確定或不確定這兩個選項。確定性與分數無關，不是一百，就是零。把你的感情收起來，忘記站在眼前的是個人，你是會計師，這對你而言只是一排數字而已。這個問題只會有一個解答。現在再試一次，說出你的答案。」

蓋瑞．賽文再度走進房間。

史東姆交出了他的數字。「百分之九十確定。」他對身後的警督低語：「還是有百分之十不確定。」

「**是或否**？」

「如果在是可能性上有百分之九十，我就無法說**否**，只有……」

「**是或否**！」

他的話從口中吐出得極為緩慢、低沉，但始終還是給出了答案：「是。」

蓋瑞．賽文一聲也不發，他早從很久之前就不再說出任何話語了。一個未受聆聽、不得回應之人，發出聲音還有什麼用處呢？

名為羅傑斯的警探在身後默默看著，就和其他人一樣保持緘默，也覺得沒什麼好說的了。

××××××

報攤老闆叫做麥克・摩斯柯尼，身體彎曲地坐在椅上，不安地轉動手上的帽子，一邊向他們講述：「不，我不知道他叫什麼，更不知道他住在哪裡，但覺得他很面熟，也認為他沒有在說謊。他每一晚都會找我買報紙，一整年只沒來過一兩次而已。」

「但也確實沒去過一兩次。那麼六月二十二日，也是他沒去的那一兩次嗎？」警督問道。

報攤老闆不愉悅地說：「先生，我今年的每一晚都會在街上賣報。要我明確說出是哪一天簡直是強人所難，但若給我更多天氣相關的資訊，或許可以記得更清楚些。」

「找出當晚的天氣資訊給他。」警督允許。

送來的資料顯示：「六月二十二日晴朗無雨。」

麥克・摩斯柯尼執拗地說道：「這樣看來，他那晚是有來買報紙。這可是鐵一般的事實，我全然確信，你也該如此。他沒來的那一兩次都是……」

「他每次買報紙會花多久？」警督無休止地問下去。

麥克・摩斯柯尼的視線低垂，一臉不情願地回答：「買報紙會花多久？先付個三分錢，再拿起報紙，然後離開……」

「但你還沒有告訴我們其他細節。他每晚幾點都會來買報紙？總會是一樣的時間，還是每次都不一樣？」

麥克・摩斯柯尼抬起頭，看上去有些無辜。「總會是一樣的時間，從來都不變。他都會買午夜發行的《先驅時報》，這份報紙在十一點四十五分之前都不會送到的，他知道早點去會買不到，所以從不會在那之前來……」

「那麼六月二十二日當晚呢？」

「每一晚都是如此，我也不在乎。如果他要來，也是在四十五分或十二點整之間來。」

「你可以走了，摩斯柯尼。」

報攤老板一離開，警督便轉向賽文。

「謀殺是在十點發生的，那個不在場證明又是如何？」

賽文放棄了掙扎，小聲地回道：「是我唯一僅有的證明。」

××××××

蓋茲看起來並不像罪犯。然而，罪犯的長相卻也沒有什麼標準，只是一般大眾的偏見而已。他是一名身材魁梧的黑髮男子，給人一種行動緩慢、和藹可親的錯誤印象，這可是和他的職業生涯有所衝突。他同時也帶有冷靜、自信的氣質，可能是出自於人們缺乏想像力而產生的錯覺。

他說：「不然你想要我說什麼？如果我說不是這人，就意味著我當時和別人一同在場。如果我說是，就是這個人，也會是同個結果。別擔心，史特拉斯柏格女士，我的律師已經告誡過我，你們最愛出哪種陷阱問題。像是問『你有停下來毆打自己的妻子過嗎？』之類的問題。」

他泰然自若地打量著眼前的警察們。「我想說的是，自己當時根本不在那裡。所以如果我不在場，怎麼可能還有其他人跟我在一起呢？比起其他人，我最不可能了。」他堅定地拍了拍胸膛。「去找出兇手，他就會告訴你第二個幫兇是誰。」

他對他們微微一笑，微小到難以察覺。「我此生從未見過這個人，若你還是這麼堅持，我也沒輒。」

警督也對他微微一笑。「所以那晚，你不在法拉古特街？也不曾參與謀殺警司歐奈爾？」

「沒錯。」蓋茲帶著堅毅的自信說。

××××××

蓋茲站起身，速度不快、也不倉促，反而一如既往地緩慢，與他給人的印象完全符合。就像要準備和人握手一樣，他輕輕沿著身體兩側，擦去手掌上的汗水。這麼說確實也沒錯，他是準備要握手——和死亡握手。

他並未感到格外惶恐，並不是因為自己特別勇敢，只是因為沒有過多的想像。理智推理一番後，蓋茲知道自己在十分鐘後就會喪命。然而，他不習慣將想像投射到十分鐘後；他總是活在當下。因此，他並未試圖想像死亡的景況，而總比常人還要更加沉著鎮定。

但是，蓋茲鎖緊的眉頭卻顯示，他還是煩惱著其他的事。

「我兒，準備好了嗎？」

「好了。」

「靠著我。」

「不用，神父。我的腿還撐得下去，那裡並不遠。」這只是對事實的簡單陳述，沒有諷刺或責備的意味。

他們離開了死囚牢房。

蓋茲直直看向前方，低聲說道：「聽著，那個叫賽文的年輕人五分鐘後就會跟著進來。我承認是我幹的，會瞞到現在只想看有沒有機會獲得緩刑，但看來是沒有，所以也沒關係了。好吧，是我殺了歐奈爾，我承認。但另一個幫兇不是賽文，你有在聽嗎？你有聽到嗎？幫兇是東尼・布雷克。在賽文被逮捕之前，我此生從未見過他。天殺的，告訴他們，神父！對不起，都這時候了我還口出咒罵，但真的要告訴他們，神父！你一定要告訴他們！只剩五分鐘了。」

「我兒，你為何等了那麼久才說？」

「我告訴過你了，都是為了緩刑——我昨晚就跟典獄長說過了。他應該相信我，但可能也做不了什麼，這事他管不著。聽著，**你**去告訴他，神父！你相信我，對吧？死人是不會說謊的！」

他的聲音高升，在空洞的通道裡回盪著。「告訴他們不要誤殺那年輕人！他不是幫兇……」

他所說的，可能是死刑犯在前往行刑的途中，說過最詭異的話。「神父，不要再跟著我過來了！現在快走，不要浪費時間。快去找典獄長，告訴他——！」

「祈禱吧，我兒。為你自己祈禱。我該在此照護你……」

「我不需要你，神父。就不能暫時別提這些嗎？不要讓他們把那無辜的年輕人帶進來——！」

冰冷的東西觸碰到他的頭頂。牧師的手慢慢移開，遠離死亡之處，退回生命所在。

「別忘了你答應我的，神父。不要讓……」

頭罩遮住了他的臉龐，中斷了話語。

電流減弱，然後增強，接著又再次減弱——

「海倫，我愛你。我……」他的聲音變得疲憊、脆弱不堪。

頭罩遮住了他的臉龐，中斷了話語。

電流減弱，然後增強，接著又再次減弱——

××××××

牆上不再掛著視力測驗圖表，因為根本派不上用場。諾瓦克女士被帶進房間，這次也一樣拿著針織物，但是做著不一樣圖案和顏色。她向其中幾人點點頭，就像之前曾在遠方遇見過一樣。

她坐下，開始低頭忙著針織，就算有人進出，也毫無在意。

一雙鞋停在她低垂的視線範圍內，靜靜地保持不動，似乎是想要吸引她的注意力。

諾瓦克女士有所意識而抬起頭，一臉冷淡地看向他們。他們再度安靜下來，她的針織物則從腿上滑落。毛線團滾落在地板上，她用雙手緊緊摀住咽喉。

整座房間鴉雀無聲。

她顫抖的手指高舉。空中懸著疑問，以及一股期盼——期盼著她可能出錯，而非直接道出這項可怕的事實。

「是他……經過我商店的男人……試圖逃離殺死警察的案發現場——！」

「但妳上次卻說……」

她翻了白眼，敲打自己的額頭，口語顯得破碎。「他當時看起來很像他。但只是看起來很像，瞭解嗎？就是這個人，就是他！」她大聲斥責道：「為什麼你們上次要帶我來這裡？要是我沒來的話，就不會犯下如此大錯！」

「其他四、五個人也犯了這項錯誤。他們每個人都……」警督試著想要安撫她的情緒。

然而，她不願聆聽，臉皺成一副醜陋面具的模樣，眼淚立刻從她臉上滴落。其他警探攙扶她出去，也撿起掉落的針織物還給她，否則就會遺失在那裡。

「我殺了他。」她哀傷地說道。

當她被帶出房間時，警督痛苦地坦承道：「妳並非其中一人，我們都是兇手。」

××××××

將諾瓦克女士帶走後，他們讓東尼・布雷克坐在椅上，而其中一人就像導師一樣，直挺挺地站在後方。他們遞給這個人一份報紙，他將之攤開在布雷克面前，像是要舉著報紙要讓布雷克閱讀一樣。

門接著打開又關上，史東姆——註冊會計師——坐在房間的對面，就在諾瓦克女士剛才坐過的位子。

他帶著疑問地環顧四周，不知道自己為何被傳喚到此地。他只看見一群警探，其中一人還藏在報紙後。

「繼續看著報紙的方向。」警督小聲指示。

史東姆看起來有些疑惑，但還是如此照做。

後方的警探慢慢將報紙掀開，就像打開窗簾一樣。布雷克的下巴首先出現，然後換嘴巴，接著是鼻子、眼睛和前額，直到臉龐最後完全顯露。

史東姆震驚不已，臉變得極為慘白，反應比諾瓦克女士還安靜，但同樣劇烈。他開始渾身顫抖，手更是停不下發顫。「我的老天。」他低聲說，並為此感到難受。

「你有什麼想說的？別害怕，說出來。」警督驅策著他。

他摀住嘴，彷彿話語未出，就先嘗到了腐爛的味道。「那張臉……就是我在法拉古特街碰到的。」

「你確定？」

他的數字又再度回到腦中，但也很顯然不再帶給他任何慰藉。「百分之百！」他沮喪地說道，將全身前傾依靠在腿上。

××××××

「他們不該受責。」在所有人離開後，警督如此告知手下。「兩個人看起來相似，很難不用自己的想像力去彌合差距，以補足其餘的部分。此外，賽文已經被拘留的這件事，無意識地影響他們去指認了他。我們毫無疑問地判定他就是兇手，所以只要我們認為如此，他就會是兇手。我並非指他們刻意如此思考，而是指這可能會在沒有意識到的情況下，對他們的想法產生影響。」

一位警察進來說道：「布雷克準備好見您了，警督。」

「我也準備好要見他了。」警督冷峻地答道，轉身離開。

×××××

醫生走上前去，掀起布雷克的眼皮，檢查眼白的部分，接著再拿出聽診器，放在他的胸膛聽診。

一片寂靜中，他們呼吸聲在地下室低沉地迴響著。

醫生直起身子，拿開聽診器說道：「只是昏倒而已，」他謹慎地告誡，「狀況不是很好，還撐得下去，但已經精疲力竭了。你要他醒來嗎？」
「好，」其中一人說，「我們不介意。」
醫生從工具箱中取出一個小瓶，將其伸向布雷克腫脹、青紫的鼻子，並來回插入幾次。
布雷克的眼皮跳起，不舒服地扭開了頭。
所有人一致地向前靠近，猶如飢餓的狗群逼近獵物。
警督指示：「等醫生離開房間後再開始，外人不得參與這件事。」
東尼・布雷克開始啜泣，慌亂地求助：「醫生，我承受不住了。醫生，不要留下我一人！他們要害死我了——！」
然而，醫生對他毫無憐憫之心，回問道：「那你為何不說出真相？為什麼要浪費大家的時間？」話說完便關上了門離去。
或許是因為這項建議是來自局外人，與折磨他的人有所不同，也或許是因為他真的再也撐不下去了。

突然間，他坦承道：「是我，是我幹的，是我和蓋茲殺了歐奈爾。我們在竊盜的過程中被他發現，但他並沒有看見我，於是我趁他將槍指向蓋茲的同時潛身到後方，將他栓困在入口旁的牆上，並搶走他的槍。然後蓋茲說：『他看到我們了。』並在我來得及阻止前射倒了歐奈爾。見到他奄奄一息，還留有一口氣，我便說道：『只要他還活著，就會指認出我們。』再一槍打中頭部讓他斃命。」

他用麻木的雙手摀住臉龐。「我把真相都交給你們，就別再傷害我了。」

「去看看是誰。」警督說。

門旁的一位警察回覆：「警督，是檢察官打電話來了，就在你樓上的辦公室。」

「叫速記員過來，我馬上回來。」

警督一去便是很久的時間，隨後便拖著沉重步伐緩慢回來（回來的路程肯定占了大部分的時間），且一臉毫無生氣。他帶著難以解釋的表情進來，彷彿不再見到他們當中的任何一人；或更確切來說，的確看到了，但憎惡看見他們。

「放他出去。」他唐突地說。

布雷克被帶走，無人發出一語。他們都看向警督，等著他開口，而他卻一話也不說。

「警督，他現在都已經招供，你難道要放過這次的機會嗎？」

警督不願多談。

「待他回復後，又會改口否定的……」

「我們沒有機會了，讓他承認罪刑也沒有用了。」他氣餒地跌坐在囚犯剛才坐過的椅上。「我收到了檢察官的指令，表示他不會受到審判，要放他走。」

此話一出便掀起喧鬧的騷動，但他一概無視。

最終，有人憤怒地提出質疑：「為什麼？出於政治的因素嗎？」

「不，並不全然是這樣。今年的確有選舉，這可能真的有影響到，但並不是主要因素。他們是這樣對我解釋的：賽文已經被處死，也沒有其他方法可以挽回這鑄成的大錯。現在把那傢伙送去審判，這項醜聞就會隨之曝光，那時不僅會影響到檢察官，更會撼動到整個警界的聲譽。不只有他們參與其中，我們更是幫凶。此事關乎大眾對我們的信任，一旦爆出就會引起公眾譁然，且將數年都難以平息。他們寧願讓布雷克逃過一劫，也不願讓接下來的數年間，在每次州法裁決要處死罪犯時，就會有人大聲疾呼那是像賽文案一樣的司法誤判。有罪之人將無法在法庭上受到定罪，因為只要辯護律師提及賽文的名字，陪審團就不願冒著可能是冤獄的風險，而自動判決被告無罪。若不釋放他，未來可能就會讓更多罪犯消遙法外。」警督站起，嘆了一口氣。「我現在得上去讓他簽棄權書了。」

其他人仍留在原地，每人都因性情不同而有不同反應。其中一人出於務實的態度，聳聳肩說：「好吧，這事我們也無權做決定。只不過還是希望他們早點告知，這樣就不用費這麼大的工夫了。喬，走嗎？」

另一個人拘泥於法律條文，開始指出檢察官何處的觀點有誤。而下一個自私排外的人則坦率地承認道：「如果這事不是發生在警察身上，我也不會這麼惱火。」

他們一個接著一個離開，只剩下名為羅傑斯的警探，一直待到所有人都走開。他雙手插在口袋裡，低頭看向地板，站著一動也不動。

他此時此刻的心境，就如一位原則受到背叛踐踏的狂熱者、目睹信奉的經典遭到嘲弄的信徒。

×××××

幾小時後，警探和謀殺犯在總部的走廊上相遇，布雷克如今已是受到豁免的自由人，正在通往重返社會的路上。

在他經過時，羅傑斯就站在牆邊看著，他們彼此交錯路過，兩人間沒有任何交談。布雷克的鼻子和下巴包著膏藥，然而蓋瑞・賽文卻連呼吸的機會都沒了，警司歐奈爾亦然。

而他身上的小事更讓人心生厭惡——手臂自由無拘束的擺盪、對領帶的精心打緊。他又再度恢復了活力，重新打好的領帶更顯得這一切是如此荒謬。

他轉過頭，一臉傲慢地看入警探的眼裡，並保持著彼此之間的對視。他從喉嚨深處發出一聲嘲諷的嗤笑，這比任何言語都來得更明顯、更汙辱人，像是在說：「警察——呸！法律和規則——呸！謀殺——呸！」

就像一拳打在臉上，發疼、灼熱，使羅傑斯的信念之心隱隱作痛。他對是非對錯的觀念、他的正義感——這些人人皆有（至少一部分人），且鮮少流露出的思想，都開始混淆不清。

羅傑斯的臉蒼白，但並非全部，只有嘴部和下巴的周圍如此。男子繼續沿著走廊前行，穿過玻璃門，並走下階梯，消失於視線之外。羅傑斯站在原地，視線一路追到最後，直到布雷克不留一物地離去。

他將再也不會踏進此地半步，再也不會被帶回來審問這樁罪案。

羅傑斯轉身，快速往另一方向走去。他來到了一扇門前——警督的門前，沒有敲門就直接推開走進，手平放在警督的桌後便收回。

警督低頭看了一眼桌上的警徽，再看向他。

「我稍後會提交書面辭呈。我要退出警察部門。」說完便轉身走近門邊。

「回來，羅傑斯！等一下……你簡直瘋了。」

「或許有一點吧。」他承認道。

「回來這裡，好嗎？你要去哪裡？」

「去找布雷克，我現在就會在那裡。不管他去哪裡，你都能在那裡找到我。」

門漸漸關上，他的身影隨之消失。

「他去哪裡了？」羅傑斯向前門旁的警察問道。

「他走出去招了一輛計程車，就在那裡的轉角，還可以看到車子在等紅綠燈……」

羅傑斯也招了另一輛上車。

「警察，去哪裡？」

「看到前方那台在路口處的計程車了嗎？跟著它就對了。」

××××××

布萊克停下和櫃檯邊的金髮女子談話，緩慢且帶有目的地穿過大廳，走向羅傑斯才剛坐上的軟椅，並直接站在他的面前，雙腿微微分開。「你怎麼不開竅一點呢？表演和餐廳怎麼樣？你以為我沒在那鼠窩裡看過你嗎？你以為我整晚都沒發現你嗎？」

羅傑斯抬頭看向他，平靜地回道：「你怎麼會覺得我有試著躲起來呢？」

布萊克一時不知所措，張開嘴又閉上，最後嚥了口水下去。「你不能再因為歐奈爾那件事帶走我了。如果還要繼續處理那件事，一開始就不會放我走，你自己也心知肚明！全部都結束、已成往事了。」

羅傑斯一如既往，很快就給予回應。「我知道不能，這點我同意。但你又為何覺得我想這麼做呢？」

布雷克再度欲言又止，他所能想到的答覆只有：「我不知道你有什麼盤算，但你絕對不會得逞。」

「你怎麼覺得我會做什麼呢？」

布萊克眨了眨眼、一臉茫然，未能預料到這般的反應，尷尬了片刻後便轉身回到櫃台。和金髮女子商量一陣子後，她開始擺脫布萊克試圖搭在她身上的手並遠離，提高聲音說道：「你要是被跟蹤了，就不要來找我！你應該早點就說的，我才不要和你混在一起。最好去找其他人吧！」她轉過身氣憤地離開。

布雷克惡狠狠地回瞪羅傑斯一眼，活如一條憤恨的毒蛇，然後便怒氣沖沖地朝反方向走去，進入等候中的電梯。

羅傑斯示意讓電梯小姐等他，接著從椅子上站起，悠閒自在地走進。電梯開始上升，布雷克的臉因憤怒而蒼白，太陽穴的青筋不斷博動著。

「你就繼續啊。」他在電梯小姐背後，以壓抑的聲音說道。

「繼續什麼？」羅傑斯回道，一臉神色冷漠。

電梯停在六樓，布雷克立馬奔出，在走廊的盡頭轉向、停下，然後插入鑰匙。

這時，後方傳來輕盈的腳步聲，他猛地轉身一看。
「你想要幹嘛，」他氣急敗壞地高聲質問，「進來我的房間嗎？」
「才不是，」羅傑斯冷淡地回應，將鑰匙插入正對面的房門，「我是要進去自己的房間。」兩扇門接續關起。

××××××

事發於午夜時分，國會飯店的六樓。
隔天早晨十點，布雷克打開房門，準備下樓享用早點；頭髮梳得整齊，鬍子也刮得乾淨。然而，這一幕卻是在柯爾頓飯店的十樓——他在午夜悄悄更換了住宿。他出來的同時邊撫摸著下巴，感受刮鬍後的清爽感，臉上掛著微微一笑。
他關上門，沿著廊道走向電梯。
不久過後，就在他接近大廳的轉角時，同一側的第二扇門接著打開。不知什麼吸引了他的注意而回頭一看，也許是因為房客沒有在離開後立即關上，感覺不太尋常。

羅傑斯站在房間裡頭，側身面對門框，一邊不慌不忙地穿上外套，一邊看著布雷克離去的方向。

「幫我按著電梯，好嗎？」羅傑斯裝做一副沒事的樣子。「我要下樓吃早餐。」

××××××

這已經是他第三次嘗試了。這次是迄今為止將杯子舉到最高的高度，距離嘴唇只剩一英寸，但手仍難以停下顫抖而失敗，將飲料都撒下一邊去。最後，彷彿杯子重到他拿不起似的，也重重摔落而留下裂痕，差點摔碎底下的茶碟，而讓飲料噴濺出來。

羅傑斯就坐在離他兩桌遠的正前方，淡定地享用一大盤培根佐蛋。他邊咀嚼著美食，邊衝著布雷克咧牙一笑。

布雷克的手腕依舊抖個不停，難以拿起杯子。他摀住雙眼，喃喃自語道：「我受不了了，難道他就一定要——？」布雷克未說完，便收回快到嘴邊的話。

在一旁清理的服務生滿臉疑惑，往四處看去還是未發現異樣。「先生，請問您不太滿意這個位子嗎？」

「對，」他用哽咽的聲音說，「沒錯。」

「先生，換來這裡坐好嗎？」

布雷克起身移動到對面桌，背對著羅傑斯。服務生替他重倒了飲料。

他這次選擇以雙手再度嘗試舉起杯子，以保持穩定。

這時，一陣咬下烤麵包片的脆響，從羅傑斯的方向傳來，持續不斷、毫無停頓，好像剛咀嚼完一口，又馬上塞入另一口繼續吃一樣。

這次布雷克連兩隻手都無法好好拿穩，杯子又再度摔落，飲料打翻在桌上。

他憤而跳起，扔下餐巾，撞開一旁熱心的服務生。

他氣喘吁吁道：「讓我出去，無論做什麼，都能感受到他在身後監視我——！」

服務生再度看向四周，困惑。在他的視線內，只有一名男子坐在幾桌之遠，看上去很是老實，只專心顧著盤中事，沒有打擾到任何人。

「哇，先生，您最好還是去看個醫生，不然一整天都沒辦法好好坐著吃飯。」他出於擔心而由衷建議道。

布雷克跑出餐廳，跌跌撞撞地穿過大廳，到了對面的藥局裡。他無助地靠在櫃台上，拖著一臉憔悴的模樣。

「給我一份阿斯匹靈！」他煩躁地說，「兩份，不，三份！」

××××××

「世紀特快車，第二十五號軌道！」陰沉的廣播聲在圓形大廳中迴響，滲入布雷克微微打開的電話亭裡，既是為了通風，也是為了收聽廣播。

他待在電話亭裡，話筒還掛在鉤子上。之所以選擇這裡，正是出於其戰略位置——不僅能面對外面的時鐘，更重要的是，還能朝著通往特定軌道的閘門，能夠清楚看見出入的旅客。

布雷克打算最後才上車，好確認誰先於他之前上車。

以他所採取的防範措施，那個人形惡魔絕不可能猜到他要前往何處，就此讓他們永不相見。若羅傑斯真猜中了，那麼他便是不折不扣的讀心者，因為不可能再透過其他方式來破解這個詭計了。

這麼做雖然麻煩，但若成功，一切便都值得了。在飯店的那次失敗讓他記取教訓，偷偷搞失縱是沒有用的。至於這次，他可沒有犯下索要帳單和收拾行李之類的錯誤。他的衣物都還留在衣櫃，行李亦空空如也，而帳單早就提前預付了一週，今日也才入住第二天。他試著不露出任何要離開的跡象，如往常般漫步遊蕩，隨意進入電影院後又從另一邊離開，接著再回來這裡領取用其他名字登記的預訂車票，然後又把自己關在電話亭裡，已經在裡面足足待了四十五分鐘。

至於他的死對頭，要不是在電影院外徘徊，就是在飯店裡等他回來。

布雷克掃視著來往的人，他們如水滴般魚貫而過；時而一人，時而一次兩三人，時而又一人，腳步暫時停下來。

分針指向列車的出發時間，守衛準備要關上閘門，也沒有其他人再經過。

他打開電話亭的門，緊緊拉下帽簷，迅速跑過大理石地板。

他一直等到手拉門完全展開，準備鎖在門的另一側時，才突然快步衝向前去。「等等！」布雷克喊道，守衛又將門拉起，剛好足夠讓他從側身擠進去。

他在出示了車票，花了一兩分鐘小心翼翼地環顧四周，沒有發現任何可疑人物躲藏在附近跟蹤他。

羅傑斯不在這裡；布雷克終於成功擺脫他了。

「先生，請您快一點。」守衛說。

守衛大可不必如此告知；他早已趕上最後時刻，即便不得不跑過隧道的一半也一樣，上火車已是勢在必行。

他衝下坡道，推開一排回程的行李員，將他們逐到一旁去。

列車長伸出手臂讓一扇門傾斜地開啟，他在最後一刻以巧妙的步法趕上了車。此時此刻，沒什麼比上車還要重要的了。

「我是最後一個人，」他滿意地喘了一口氣，「已經沒有其他人了。現在可以關門，把鑰匙丟掉了。」

「也是。如果還有的話，大概就要自己用飛的了。」列車長同意道。

布雷克預訂了獨立包廂，以確保在旅途中不被發現。往前走過兩節車廂，與列車長核對後，便鎖上門將窗簾拉到底（即便此刻還在地下也如此）。

接著，他躺坐回軟椅上，長長嘆了一口氣——終於可以好好放鬆了！「只要我還活著，他就再也找不到我了。」他喃喃自語道。

時間流逝，旅行了一段路程。

列車在市郊的車站短暫停留片刻，他並未感受到任何潛在危險。羅傑斯若完全猜透了他的意圖，就會一路尾隨他到主要車站，而非在此站冒險上車。況且當時沒有足夠時間澈底調查，也可能上錯車而一路被帶到中西部，因而錯失跟蹤的機會。

儘管如此，沒有什麼比確保更重要的了。當列車再次啟程後，他按鈴喚來列車長，打開一小截的門縫問他：「我和人有約，他預計在郊區上車，剛才還有誰從那站上來嗎？」

「只有一名女士和一個小男孩，那位——？」

「沒事了。」布雷克微微一笑，再度鎖上門。現在安全了。

當然，羅傑斯會繼續追蹤他，但對布雷克而言，只需要短暫的領先優勢，羅傑斯便再也無法接近了。從現在起，他會保持著這段距離，永遠領先一步。

列車於哈蒙再度停靠，但這次並非一般車站，而是為了更換燃煤引擎，所以無須擔心會有乘客上車。

途經西點軍校對面時，門被敲響，恐懼又再次襲來。他立刻跳向前，將耳朵貼在門上，敲門聲再度響起時，他將雙手呈貝殼狀，藉以改變聲音問道：「是誰？」

女服務員的聲音從另一邊傳來：「先生，需要靠墊嗎？」

他開了小小的縫隙，取了靠墊後就鎖門，放鬆。

在那之後，他不再被打擾。列車在奧爾巴尼轉西行駛，大概位在賓州或俄亥俄州的某處時，他按鈴叫了餐點，讓服務生放在門外，他自己取進去，吃完後再將碗盤放出去，門則再度鎖上；如此一來，他便不用親自取用自助餐。但當然，他深知自己不再需要要這些多餘的花招，因為早從列車出發時就已遠離了危險。

接近午夜時，在駛離印第安納州的路上，他必須讓列車員進來，將兩邊的坐位折疊呈床鋪，因為他自己做不來。

「您大概是車上最後一位睡的乘客了。」列車員開心地說道。

「其他人都睡了？」

「幾小時前就都睡了，列車前後都沒有動靜。」

他決定走出去，在列車員忙著布置時，好好伸展雙腿，畢竟包廂內不夠同時容納兩個人。他穿過掛滿綠色床鋪的通道回來，此時就連瞭望車廂也空無一人、一片黑暗，只有一盞昏暗的燈守在角落裡。

整座列車的人類貨物都已深深熟睡，進入夢鄉。

他開門走出到瞭望平台大口呼吸，在欄杆旁伸展全身筋骨，並好好享受此刻靜謐的時光。「哇，自由感覺真好！」他在內心如此感嘆，這是他從警察總部走出以來，頭一次感受到無拘無束的滋味。

忽然間，一道溫和的聲音從後方傳來。「布雷克，是你嗎？一直在想你什麼時後會出來。怎麼能夠忍受關在那狹小的車廂好幾個小時呢？」說話者的語氣聽起來舒適而平靜，身上唯一能清楚看見的，是煙蒂發出的紅色火光。

布萊克緊抓著欄杆，小心地轉過身以防摔下。「你什麼時後上車的？」他的聲音在風中顯得脆弱不堪。

「我是第一個上車的。」羅傑斯的聲音從黑暗中傳來。「當時列車都還沒準備好，閘門也都尚未開啟。」他讚賞地笑了一聲，「還以為你要錯過火車了。」

××××××

他知道接下來將會發生什麼事，這遲早都會發生，而現在正是時候。他的眼前所見正展示出跡象——對方的行為開始出現微小的改變。之所以能夠有所察覺，並非出於從事警探多年的經歷，而是因為自己深黯人性；他早已熟悉布雷克的行為模式。充斥今晚的危險信號，對他訓練有素的雙眼而言，就像在黑暗且陰險的水域上方，看見閃閃發光的航標一樣，如此清晰又準確。

布雷克今晚不同以往，並未出沒於喧嘩繁雜的奢侈場所，反而去了南區一處偏僻骯髒的鼠窩地帶，那裡的氣氛十分隱密鬼祟。當羅傑斯也步入其中時，作為警探的他遠遠就一眼識破了「陷阱」。布雷克獨自坐在那裡，沒有如往常般花大錢占據一群女人享樂，甚至拒絕其中幾位試圖貼在他身上的女人。看他喝酒的方式，羅傑斯便感知將有事情發生——布雷克並非為了縱情而喝，也不是為了忘去煩悶而喝。他這次是為了壯膽而喝。只要解讀他抬起手臂的方式，羅傑斯就能看穿他的心思；動作不平穩、間隔也不均，明顯因緊張而抖動。

他自己則坐在房間的另一頭，手持著啤酒虛度時光，沒有冒險讓酒流過齒齦，以防遭到下藥。他身上帶著槍，絕非有意要使用，就算為了自衛也都不會掏出來；只是出自於習慣而帶著。不打算使用槍械，是因為接下來即將面臨一場考驗，而他必須有所應對，才能將局勢的主導權掌握在自己手上。他一旦退縮而放棄，主導權就會拱手讓給布雷克。而要順利通過考驗，依靠的並不會是槍枝（只有手指扣在板機上的短暫瞬間才有用），而是對局勢的長期掌控。

布雷克準備就緒，酒精已經盡了全力，如鎮痛藥劑麻痺了他的神經。羅傑斯看見他緩緩起身離開此地。其走路的方式之怪異，雙腿僵硬、步態交錯，擺明就是要引誘羅傑斯上鉤；如果現在跟著他走，目的地將會是死亡。

突然間，一片寂靜降臨，無人移動、無人說話，更無人盯著他們兩人看。他從籠罩此地的死寂中知道，在場的每個人皆或多或少地參與其中。

他保持放鬆——此舉十分重要，是這場戰役的關鍵，否則就得接受戰敗的命運。待布雷克走到門口後，他才慢慢站起身跟上。羅傑斯並未試圖掩飾自己的意圖，也沒有刻意不讓人留下自己正在跟蹤布雷克的印象；反而與對方的動作保持一致，一同離開現場。他將酒錢丟下，謹慎地熄滅了香菸。

門在面前關上，換他準備前去。沒有人看著他，但他知道在這片沉默之中，所有人都在專心聆聽自己緩慢而有節奏的步伐，無論是跑菜員或俗氣的舞女，又或是服務員和可疑的顧客，都沒人出面打擾。這個地方被謀殺的陰影籠罩著；他們都站在東尼·布雷克那一邊。

鋼琴前的男人，將手指輕輕放在鍵盤上，小心翼翼地不出力，準備好彈奏死亡之樂的信號。打擊樂手拿著鼓槌，小號手將嘴唇貼在吹口，如天使吹響號角般等待。看來考驗將會發生在接近此地的戶外。

羅傑斯走出，繼續跟著布雷克步入陷阱。當布雷克看見他的身影，也確認他跟隨著自己的路徑後，便漫無目的地沿著大樓旁的小巷，一路走向車庫——那裡就會是考驗之地。可能就此被套入麻袋、抓到車上，再拋入密西根湖。

羅傑斯毫不遲疑地走入小巷，並轉入拐彎處。

布雷克打開了車庫的燈，藉此讓羅傑斯知道該往何處進入。

他們已經幫布雷克打發守衛離開。羅傑斯走入更深處，但仍可以在車道上看見他。布雷克在接近後牆的地方停下，轉身直直面對羅傑斯，等待著。

羅傑斯走下小巷，接近車庫的入口。如果布雷克要從遠處開槍，他知道自己可能小命不保；但若他讓羅傑斯靠近……

布雷克沒有動作，所以看來並不打算射殺他。大概也是害怕沒擊中。

當羅傑斯跨越入口處的門檻後，他們預定的時間大概到了——大樓裡的三人樂隊開始演奏喧鬧的音樂，聲音如此之大，似乎要將整個地方震碎——這是掩飾罪行的手段。

羅傑斯將身後的鐵門拉上，將他們兩人都關起來。「布雷克，這就是你想要的嗎？」羅傑斯離開入口，再更往內走入到布雷克之前所站的位置。

布雷克此時已經掏出手槍。他的臉上掛著的，是連續幾週不斷被追捕而難以忍受的人才擁有的表情。這已遠遠超越憎惡，幾乎接近瘋狂。

羅傑斯走上前，離他只剩三、四碼之遠，兩手空空。「現在呢？」羅傑斯將一手放在朝向自己的汽車擋泥板上。

一陣不安和困惑閃現於布雷克的腦海中，但隨即又消失不見。

羅傑斯再度開口：「開槍啊，你這傻子。只要能讓你再被抓去關，做什麼我都願意。這就是我們一直以來想要的，無論犧牲我，或是犧牲其他人，結局都會是一樣的。」

「你不會活到結局，」布雷克嘶啞地回應，「他們也不會找到你。」

「他們大可不必費心找我，只要到你就好了。」羅傑斯將手掌朝向他。「呦，你還在等什麼？我可是兩手空空，毫無反擊之力。」

不安和困惑再度重返，使他的內心與外在卸去了堅強的武裝，逐漸軟化而無力。握著槍枝的手癱軟彎曲，顯得無用；他無助地後退，腳步搖晃不定。「所以你是誘餌，他們派你來引誘我上鉤……看你行徑這麼大膽囂張，我早該知道的……」

他的狀態看起來很是糟糕。他將手扶在額頭上，彎著腿靠在牆上，腦中則正經歷一陣炸藥的爆破。

他其實早就知道自己擺脫不了羅傑斯的折磨，而現在又更發現自己甚至無法殺了他——必須與他共生共存。

羅傑斯將手肘放在另一手上，輕撫著下巴，若有所思地打量著對方。看來他已經通過了考驗並克服了難題，主導權依舊在自己的手上。

門被打開，酒店的壯漢走進來問道：「東尼，怎麼樣了，結束了嗎？要我幫你一把……」

羅傑斯轉過身，漠然地看著他。

那位攪局者看了一眼情況。「怎麼，害怕了？」他的聲音聽來格外刺耳尖厲。「好吧，我就幫你幹掉他。」話一說話，他立即掏出手槍。

布雷克出自於純粹的恐懼發出一聲哀嚎，彷彿他自己就是目標。他縱身一躍到兩人之間，以肉體護檔著羅傑斯。「住手你這蠢蛋！這是一場想要讓我殺人的局，他們一直以來都在等著這個機會把我抓回去！我剛剛才在最後一刻意識到他們的陰謀！你沒看到，他的臉上沒有半點恐懼嗎？你沒看到，他故意赤手空拳，什麼武器都沒帶嗎？」他逼近壯漢，將他推出車庫外，好像就是在保護自己的性命一樣——就某種方式來說，這其實也不算錯。「快出去，離開這裡！如果開槍射他，你殺的人就會不是他，而是我！」

布雷克抓住壯漢的手腕，偏移了一發走火的子彈，射到車庫的屋頂上。他極力將壯漢推回入口處，並擋住其去路，一臉極為慌恐的樣子。壯漢滿是疑惑，也對錯失了第一槍感到不慣，因為他總是習慣在毫不知會的情況下，赫然斷送受害者的前途。

「我已經對他開槍了，他們會因為這樣逮捕我！」他咕噥說道。「我正就走人——！」他突然轉身，沿著小巷碎步跑離現場。

兩人留在此地——獵人與獵物。布雷克呼吸急促，在這一分半內連續經歷兩次千鈞一髮的處境，使他感到失去掌控、無能為力。羅傑斯則彷彿從未有事發生過一般，從容冷靜，文風不動。

「就讓他走吧。我不想要他，只想要你。」羅傑斯冷淡地說。

×××××

羅傑斯處在黑暗的房間裡，獨自坐在床邊，只穿著長褲和汗衫，如此地守了一整夜。這與車庫所發生的對決是同一晚；天色仍然昏暗，但破曉很快就會到來。

他將房門微開一條小縫，耐心坐在門前，注視、等候。人類的行為模式是不變的——這提醒了他接下來該留意些什麼。

一條細長的暖黃光線從門的縫隙中流洩進來，一開始投射在地板上，接著慢慢爬上他的床，然後斜射在他的上臂，就像一條警服上的袖徽——正如心中所思，他認為自己代表著警察的身分。

他坐在那裡，耐心注視、等候。為了迎來那無可迴避的下一步、必然到來的下一步，他一進來便一直維持著警戒。他準備好守一整夜，並對它的來臨深信不疑。

第一次，他看見行李員帶著第一瓶酒和碎冰，停留了一兩分鐘，並拿著二十五分錢走出來。

現在行李員又再度回來，這次帶了第二瓶酒和更多的碎冰。可以從門縫中看見他背對著自己，穿著的綠色制服，輕輕敲響對面的房門。

大約兩瓶酒就足夠。羅傑斯保持不動。

隔壁的門打開了，行李員進去後不久就出來準備離開。

接著羅傑斯終於有所動作——他只穿著襪子走去，打開房門對行李員發出「嘿！」一聲，藉此吸引他的注意力。

「他這次給你多少？」

行李員的目光閃爍。「他把剩下的零錢都給了我，幾乎把錢包清空了！」

羅傑斯點點頭，彷彿是在對自己確認某些事。「他有多醉？」

「他看起來很沮喪，但正在努力克服。」

羅傑斯再度點頭，對布雷克的沮喪毫不在乎，只想到對自己有利的部分。

「把鑰匙給我。」

行李員遲疑了一下。

「別擔心，我有飯店警衛的授權。你可以和警衛核實，只要把鑰匙給我就好。我很需要它，時間不多了。」

行李員交出鑰匙，並留在原地觀望。

「你不用等沒關係，我自己來就好。」

羅傑斯沒有再回到自己的房間，反而待在對面房外，只穿著汗衫和襪子半蹲著，手握著鑰匙準備就緒、全神貫注。

門關得不夠完全，他還能聽見房裡的人在移動，偶爾發出碰撞家俱的聲音。每當瓶子接觸玻璃杯的邊緣時，他都能聽見其發出的聲響，也能感受到隨著酒越喝越多，倒酒的傾斜角度就越高。

就快接近了。其間，腳步聲來回作響，像是困獸試圖擺脫陷阱一樣。

忽然間，酒瓶砸碎在地毯上後，便不再傳出任何聲音。

立刻準備行動。

慌忙的腳步在陷阱中笨拙地尋找出路，一些支離破碎的語句逐漸變得清晰：

「我要耍他！我要證明給他看！有個他無法……跟我去的地方……」

窗戶被開啟的聲音傳來。

就是現在！

羅傑斯立馬插入鑰匙轉動，將門掃到一旁，迅速衝入房內。

布雷克的雙腳已經站立在窗台上，準備一躍而下。他需要先放低雙手和肩膀，才能越過上方的玻璃窗，而這給予了羅傑斯足夠的時間趕上前去。他的雙手如剪刀般張開再闔上，像一把鉗子緊緊拴住布雷克的腰部，再用力往後拉扯，兩人一同狼狽地摔倒在地板上。

羅傑斯先於另一人掙扎站起，並快速走上前牢牢鎖住窗戶、拉下窗簾。

「起來！」他厲聲命令道。

布雷克將臉埋在臂彎裡，羅傑斯輕輕踢了他一腳。

他撐著一旁的椅子和桌面，一點一點地慢慢爬起，重新挺直了身子。

他們四目相望。

「你不讓我活，又不讓我死！」布雷克的聲音淒厲，尖銳到近似於哭喊。「你到底在找什麼？你到底想要什麼？」

「我什麼都不要。」羅傑斯的聲音低沉，比起對方刺耳的歇斯底里，還要更難以聽清楚。「我告訴你很多次了，不是嗎？跟著你走會帶來什麼危害嗎？反正地方這麼大，一個人獨享不免太可惜。」羅傑斯步步逼近，將布雷克推到床上，而他就如此癱軟在上，沒有掙扎試圖要起身。羅傑斯拿起一條毛巾，將其浸入冷水並繞成繩子。他有力且緩慢地往臉上打了幾下，每一下都產生一小片水花瀰漫在空中，隨後便扔在一旁。

當他再次開口時，語速顯然更加緩慢，聽起來像個拖沓的懶人。「放輕鬆，這有什麼值得好激動的嗎？你瞧，仔細看看這個。」

他從褲子的口袋中拿出一個皮夾，裡面放著一封磨損的信，將其展開，翻過來給對方看。信本身十分破舊，他已經帶在身上有數月——是一封回函，信頭寫著警察部門，確認了他的辭職申請。他展示了一段時間，好讓布雷克充分理解。

過了一會兒後，布雷克不再啜泣，終於被酒精的浪潮淹沒，漂向遺忘的夢境。

羅傑斯並沒有離開房間，反而看了一眼緊閉的窗戶，將椅子拖到床邊，點燃雪茄靜靜看著他。就像護士看照著病人一樣。

羅傑斯要他活著清醒。

××××××

仇恨無法永遠維持，恐懼亦然。人無法在不耗盡精神的狀態下，一直持續如此的狀態。然而，這類的情緒能夠自行慢慢舒緩下來。接下來有兩種可能，不是創造仇恨或恐懼的條件被消除，從而使它們跟著消失；就是習慣和熟悉感慢慢滲入生活，在不知不覺的情況下緩和、模糊他們之間的隔閡。仇恨很快就會變得黯淡，消失殆盡。一方習慣了曾會引起仇恨或恐懼的另一方，所以再也不會引發這樣的情緒。將一個人關在有毒蛇的房裡，只要沒有被咬死，過了一週後，只要注意腳邊就能不受阻地四處走動。

唯有不太耗心神，講求長期效果的特質，例如毅力、耐心、對事業的奉獻等等，才能維持數月乃至數年而不變。

有一晚，在同一間芝加哥飯店，羅傑斯的房門在六點敲響。一打開門，看見布雷克站在面前。他穿著吊帶褲和無領襯衫，身上散發著濃烈的剃鬚水味。他自己的房門，就在身後敞開著。

「嗨，」他說，「你這兒還有多餘的領扣可以用嗎？我剛剛搞丟了唯一的一個。我和性感的金髮辣妹有約會，不想讓她等太久，飯店的送貨服務會太久……」

「有，」羅傑斯實事求是地回答，「我有一個。」

羅傑斯將領扣放上他捧起的手。

「感激不盡。」

他們站著彼此互視了一會兒，布雷克的嘴角浮現出試探性的笑容，羅傑斯也以同樣的方式回應。

就這樣。布雷克轉身離開。羅傑斯關上了門，隨著門的關閉，他的笑容就像被刀子割斷一樣消失。

敲門。領扣。只是小事？又或是轉捩點？可能是接受與習慣的開始，又或是走向結局的開始。

××××××

「這傢伙是條子。」布雷克愉悅地和他身旁的紅髮女郎吐露心聲。「至少之前是。我沒告訴過妳，對吧？」他故意說得大聲，讓羅傑斯都能聽得一清二楚。同時間，布雷克對他眨了一下眼，表示毫無惡意，只是好玩而已。

「條子？」她故作驚慌。「那他跟著你幹嘛？你難道不怕嗎？」

布雷克一聽到這奇特的想法，便仰頭開懷大笑起來。「我一開始真的很害怕，現在倒是很難產生恐懼了。我已經習慣了他的存在，如果他不在身邊，我反而還可能因此生病呢。」

羅傑斯不怎麼贊成地對女郎擺擺手，說道：「別被他耍了，我很早之前就辭職了。他說的事，已經有兩年的歷史了。」

「為什麼要辭職？」另一個棕髮女郎問道，但馬上又收回對話題的興趣。布雷克在桌下踩了她的腳，以羅傑斯聽不見的音量低聲警告：「別說這些，他不喜歡談這話題。可能是因為……」他做了一個代表貪腐的祕密手勢——拇指在手掌上來回搖晃。「總而言之，是個好人。」並如此結論。羅傑斯正向別處看去，自己笑了一笑，就像剛才在舞池上有什麼事情，又或根本什麼都沒有。

「我們走吧。」作為主辦人的布雷克向另一位主辦人說道。「對這地方有點煩膩了。」

服務生前來結帳。布雷克彎低身子在腰側查看皮夾，苦澀地坦承道：「我又沒錢了。」

「這次我請你。」羅傑斯——曾作為警探的他，如此對著認定是謀殺犯的男人說道。「告訴我吧，我們可以找個時間解決這個問題。」

××××××

當羅傑斯正用在刀片削玉米的時候，一陣熟悉的敲門聲響起，他抬起頭望向門口問道：「東尼，是你嗎？」

「對。羅傑，你在幹嘛？」

他們現在都以暱稱——東尼和羅傑——稱呼彼此。

「沒幹嘛，進來吧。」羅傑斯回答，熟練地翻轉刀片並成功切下玉米。

門打開，布雷克傾斜進半身。「以前認識一個叫比爾・哈克尼斯的人，剛剛來找我。已經好幾年沒見到他了。我們剛剛在閒聊，現在想做點別的事，來問你想不想玩三人遊戲，怎麼樣？」

「只能玩半小時多。」羅傑斯邊說邊穿上之前脫下的襪子。「我今晚想要早點休息。」

布雷克退了出去，將門留著半開，好催趕羅傑斯趕快過來，而他在對面的房間也是留著敞開。

羅傑斯關燈，準備走出房間，但卻停在門口半進半出，猶豫不決地打著哈欠，就像很久以前的某一晚，出門去買一份午夜報紙一樣。

不必每天晚上都跟在他身邊，對吧？可以稍微放鬆一晚，對吧？（畢竟還有這麼多的夜晚。）反正就在走廊對面，只要留著微微留一條門縫就好——羅傑斯累了，而且床看起來真的很美好。他是人，不是機器；總會有失落沮喪的時刻，今晚就是如此。什麼都不會發生。他所做的，就只是扮演布雷克的假釋官，保持他清醒、走在正道上，但這並非自己想要的。

當他正打算改變心意，回到房內時，他們卻看到了自己。布雷克向他揮手示意。「不進來嗎，羅傑？站在那裡想什麼？」

這又再度打破了他心中的平衡。關上自己的房門，穿過走廊加入他們。

他們坐在桌邊等他前來。那位叫哈克尼斯的人因為從事不法勾當，而給他留下了深刻的印象。不過這也是容易猜到的，畢竟在布雷克的熟人名單中，大概都是這種人居多。

「很高興能看到你。」

「我也是。」

羅傑斯並沒有抗拒與他握手問候。這是他在布雷克身邊所學會做的事——與各式各樣的無賴和騙子問好。

為了讓彼此放下戒心，布雷克搬出他最愛的老調重彈。「哈克尼斯不相信你之前是條子。你自己來說說。」布雷克每次只要一逮到機會，就會對認識的人大肆宣傳。他似乎對此感到異常地自豪，彷彿這帶給了他獨特的身分——曾有警探追捕過他，而他最後成功將警探給馴服了。

「你都不膩嗎？」羅傑斯厭惡地咕噥，並拿起牌，偷偷看了一眼布雷克的那位朋友。「不賭大張的，只賭小錢就好。」

布雷克不介意。「他就是這樣。」

遊戲緩慢地進行著，夜晚也如此隨之被磨耗掉。

哈克尼斯看似有些煩躁，不斷查看自己的外套袖口，似乎在擔心著什麼。

「我以為他們幾年前開始就不會藏在那裡了。」布雷克終於帶著笑容說道。

「反正我們也不是為了賭博而玩的。」

「不，不是這樣的。是我袖子上的一顆鈕扣壞了，每次伸出手臂都會勾住所有東西。」

鈕扣一半懸空，一半還附著在線上，尖刺又煩人，就如其他所有微不足道的事一樣。他試圖用力扯下，但剩下的部分不足以讓他牢牢抓住而失敗，只成功在指尖劃破了一道傷痕。他輕聲咒罵幾句，並舔舐了一下傷口。

「你怎麼不把外套給脫了？反正不穿也不會怎麼樣。」布雷克毫不在乎地建議道。

哈克尼斯照做，並將外套丟到椅背上。

遊戲繼續進行，夜晚繼續磨耗。現在離羅傑斯原本計畫的半小時，早已超過了四倍的時間。最終，遊戲還是自行結束了。

他們在桌子旁坐了一會兒，都一副睡眼惺忪的樣子，羅傑斯甚至已經開始睏得頻頻點頭。哈克尼斯首先開口說道：「看時間，一點了。我大概得溜了。」他站起來穿上外套，摸了摸遊戲後留下的一頭亂髮。「走之前得先借個梳子整理一下。」

布雷克繼續機械地重複洗牌的動作，但不再發牌下去。「在那邊最上面的抽屜裡。」他指示著，且沒有環顧四周。「用完要擦乾淨，我有潔癖。」

拉出抽屜後，是一片沉默，只聽見哈克尼斯說道：「還真是個老傢伙。」

羅傑斯睜開沉重的眼皮，布雷克則轉過頭來。哈克尼斯在抽屜裡發現了他的槍，並拿出來仔細瞧瞧。「你就不怕他知道你有槍嗎？」他對布雷克咧嘴一笑。

「哦，他幾年前早就知道了，他甚至還知道我有持槍證照。」布雷克接著嚴厲地說道：「別再胡鬧了，快放回去原本的地方。」

「好啦，好啦。」哈克尼斯聽話照做，將其放在桌巾上，並取出梳子。

布萊克轉回來，重新洗著牌。羅傑斯則繼續看向那邊，忽然驚得睜大眼睛，模糊的睡意瞬間離開了他的聲音：「嘿，你那顆壞掉的鈕扣纏到桌巾的邊緣上了，而且槍就在旁邊。趕快把它移開，不然你會……」

如此警告恰恰產生了相反的效果，導致他試圖避免的事因此發生。哈克尼斯伸出手臂親自一看——所有人在這種情況下的本能反應都會是如此——桌巾因此被拉長，而槍則滑落到半空中。哈克尼斯迅速彎腰，嘗試在落地之前抓住。他在掉落的過程中、桌面與地板之間相對較短的距離，成功攔截墜落的槍。他的思維足夠敏捷、肌肉協調性也很好；但卻以錯誤的方式接住，且握到不該碰觸的地方。

火花從他的手中爆出，發出一聲沉重的轟鳴。

接下來的一分鐘內，什麼都沒有發生，他們之中也沒人為之所動，哈克尼斯更是如此。他保持著彎腰的姿勢不動、羅傑斯坐在桌旁注視著，布雷克則緊握著卡牌，緩緩轉過頭來看。羅傑斯親眼目睹了一切發生；布雷克則錯失了過程，但見證了後果。

哈克尼斯再度移動。他原本維持著拱形姿勢的身體，開始緩慢地往前傾，直到臉完全倒在地上，接著全身呈直線平躺下來，靜靜地躺臥著，就像真的累壞了一樣。

羅傑斯縱身一躍，趕到哈克尼斯身邊，將他翻過身查看。「幫我把他搬到床上，一定是射中自己……」話未完，羅傑斯緘默下來。

布雷克還是傻傻地緊握著那一碟卡牌不放。

「他走了，」羅傑斯的語氣空洞而詭異，「那一發瞬間要了他的命。」他直起身來，仍然對事情的突發感到困惑。「我從未見過這麼怪異的——」接著他看到一旁的槍，便不耐煩地問道：「你把槍放在那裡幹嘛？拿去！」並把槍塞到持有人的手中，後者幾乎無意識地握住了他。

布雷克終於開始搞清楚狀況，並哀痛道：「怎麼會這樣！」他跑去門邊仔細聆聽，甚至還開門往走廊外緊戒地環顧——槍響顯然未能穿過這高級飯店的厚實牆壁與房門。他關上門，並再度回來，看起來一副滿頭大汗的樣子。這時，他腦中突然出現另一個想法，於是深感寬慰地拿出手帕擦汗。「嘿，幸好你也在現場目睹這一切。不然你可能以為……」

羅傑斯低頭凝視著靜止不動的軀體，似乎擺脫不了心中所思之事。

布雷克走過來，焦急地碰了一下他的手臂，以引起他的注意。「嘿，羅傑，最好由你幫忙報警，因為你曾經當過警察，情況會比較有利……」

「好，我來處理。」羅傑斯將心中所思藉由言語開始實踐：「把槍交給我。」他將槍放在手帕上，並包裹起來。

布雷克非常樂意拋下它，並繼續擦拭著臉上的汗水，就像剛剛才脫離險境、死裡逃生。

「幫我轉到警督柯登。」羅傑斯詢問了他的舊轄區號碼，並等了些許時間。他將話筒平衡在一肩上，伸入口袋將所有紙幣都掏出來，並全部都扔在桌上——出於某種他自己最清楚的原因。

在等待的同時，布雷克再度開口（大部分出於自身利益）：「好傢伙，我這輩子做過最幸運的事，就是邀你來……」

羅傑斯微微挺直身子。這三年的職責終於能告一段落。「我是艾利克・羅傑斯，留職停薪後再度回報。我剛目睹一場謀殺，東尼・布雷克以自己的槍射殺一名叫做威廉・哈克尼斯的男子。地點在蘭開斯特飯店的七一〇號房。我親眼目睹，一切屬實。警督，請問您有什麼指令？是的長官，我會制服他等您趕過來。」他將電話掛斷。

布雷克面如死灰。他驚恐的情緒越發激烈，最終爆發成極度的恐懼，落入焦慮與絕望的無底深淵。「不是我！我連靠近都沒有！我甚至都沒看見！我當時背對著……你知道的！羅傑斯，你是知道的！」

羅傑斯舉起手帕包著的槍，朝著它的持有人。「我當然知道，」他平淡地同意道，「我們兩個都知道。趁現在我們最後獨處的時候，你仔細聽好了；在這之後，就算上帝也不會聽到我再說一次。等待這天的到來，耗了我三年七個月又十八天，而現在終於發生了。這次終於被我抓到破綻了——你藉由冤獄的破綻才逃出來，我則要利用犯罪的破綻再把你抓回去。

仔細聽，你才好瞭解我在幹什麼，布雷克。幾分鐘後，你就會因為涉嫌謀殺而被逮捕。你會因謀殺——如果這州的法律還存有任何美德——而被處決。你會被冠上謀害一名叫做哈克尼斯的男子的罪名，這也是判決過程中唯一會被提及的受害者。但你真正被逮捕、審判，並以電刑處死的罪名，自始至終，都是謀害那位不會被提及姓名的受害者——警司歐奈爾。**那**就是你現在要付出代價的罪行！

我們沒辦法因為你親自犯下的罪，而要你得到應有的下場，所以就想方設法誣賴你沒犯下的罪，好讓你受到懲罰，藉以討回公道。」

——原以〈三死一罪〉（Three Kills for One）之名，於一九五二年七月刊登在《黑面具雜誌》（Black Mask）的第二十五卷第三期。也在一九四五年收錄於選集《如果我在醒來之前死去》（If I Should Die Before I Wake），以及二〇〇四年的選集《夜與恐懼》（Night & Fear）。

Silent

as

the Grave

如墳墓般
緘默

04 如墳墓般緘默 Silent as the Grave

這一夜就如過去的所有夜晚，白月高掛，星辰點綴其間。男人和女孩在黑暗中漫步；彷彿上演著世上最古老的故事。悲傷、懷舊的音樂在夜色中漸行漸遠，亭子的燈火也隨之消失。她很高興他們走了；和他在一起便已足夠歡喜。在他的聲音中，女孩找到她的音樂，並隨著男人牽起的手舞動。

他們不久後來到長凳旁，沒有交談，靜靜坐下。

她知道他們出來的原因。她知道他要問自己什麼。她想要他開口問自己。在他說出口之前，她早已準備好了答案——「我願意」。

他仰頭望向星空。她則注視著他的下巴，看著那粗糙的喉結；那些才是她眼中的星星。星光沿著他的側臉朝上的邊緣，劃出一道細絲般的銀線，如皎潔的白霜。她想，這就是自己對他所認識的全部——那條細長、白銀色的輪廓線；其餘部分仍潛藏於黑暗之中，未知、難以揣測，就像一顆存在已久卻尚未被發掘的行星。

她的母親曾告誡過，才剛相遇不久又不太熟識，就太快獻出自己的愛，是一件非常危險的事。留有一頭深色頭髮的母親搖搖頭，說著：「現在還不要太急，年輕人！」以及「謹慎行事才要緊！」之類，所有母親都會嘮叨的話。但她又知道什麼呢？能夠大膽去愛的歲月早已離她遠去。

三週、兩日、十二小時。是的，的確相當短暫，在如此漫長的人生中，是如此微不足道。

米切爾。肯尼斯・米切爾。她在心中溫柔地重反覆念道。米切爾。弗朗西絲・米切爾夫人。不，應該是肯尼斯・米切爾夫人才好。她是如此迫切地想要歸屬於他，甚至連名字也不放過。

「弗朗西絲……」他將手臂繞過她。

時刻到了。她依偎得更近一些。「怎麼了，肯尼？」

「我愛上妳了。妳願不願意……願不願意嫁給我？」

「我願意。」她投入他的懷抱中，似乎就要融合為一體而失去自身，成為他的一部分、他的另一個自我。

他們靜靜擁抱彼此好一陣子，盲目地滿足，彷彿世上的一切都不重要了。所有求愛的行為——愛撫、親吻、情話——在此處都顯得多餘；他們的融合便是唯一的愛撫。

接著，他突然抽走了雙臂。她又再次孤身一人，彼此之間留下好大的空隙。

「我不夠格……我不是故意要這樣問妳的。」

「肯尼，沒關係的。」

「我必須向妳坦白一件事，一件妳必須知道的事。」

當然是關於其他女孩的事了，不然還有可能是什麼事？不然在這種時刻，男人還會坦白什麼事呢？還有什麼事會比男女之間的關係來得更重要？除了這種話題，其他的一切都只屬於男人的世界，是女孩從未進入的領域，也不與她有所衝突。

「肯尼，沒關係的。那不重要，我也不想知道。」

「妳必須知道。在我求婚，而妳答應之前，這件事非知道不可。」

她靠得更近些，默許並等待著。

「弗朗西絲，我曾殺過一個人。」

這句話瞬間聽來毫無意義可言，她反而還為此感到寬慰，比原本預期的結果還相當冷靜。緊繃的氣氛全然消失。她原本還很害怕男人和其他女人有什麼糾葛，像是未解除的婚姻或是未斷絕的關係，因而擋住了她的去路。但這消息完全來自於離她相當遙遠的領域，不僅與她無關，更完全沒有任何衝突。根本不影響他們之間的愛。

這幾乎就像一個小男孩坦白說「我用石頭打破了別人家的窗戶」一樣。他確實不該如此，街角的警察也或許不會贊成——但並不會因此而減少對他的愛意；又怎麼會呢？

她從原本的緊張狀態鬆懈下來並深呼吸。「我還以為……你在外面還有別人。」她接著問：「那是一場意外嗎？」

他搖頭說：「不是意外，純粹是蓄意謀殺。我去找他，然後……下手。」

他們之間的融合依然堅穩；這件事完全無法撼動他們之間的感情，她的全身上下都對知道這件事實。「肯尼，那之後怎麼了？」

他的聲音更加低沉。「他們沒有發現是我做的，迄今為止都沒有。我沒有自首，是因為……嗯，那是他自找，自己應得的。他傷害了我，我永遠都不會原諒他。」

過往的怨恨湧上他的心頭。她能感受到，艱難、憤怒的經歷與記憶潛藏在他的過去。

「事發在聖路易斯，已經很久以前——十年前有了。他叫做約瑟夫・貝利，他……」

她將手輕觸於他的唇上，封住了話語。「不用再說了，我不想知道了。」

他們之間沉默著。接著，她終於將手放下，心中做好了決定。

「問我，我怎麼想。」她低語道：「問我。這些都不算什麼，也不會改變我對你的感覺。沒有任何事物能夠改變我們。」

他的雙眼燦若星辰，動人的目光中流露出懇求的意味。「但妳之後或許就不會這麼想了，這就是我所害怕的。答應我，妳不會改變。答應我，如果有天我們像其他人一樣發生爭執，妳不會提及這件事——我會無法承受的，弗朗西絲。答應我，在未來的每一天，妳永遠不會談及此事，永遠不會。」

她抬起頭看向那雙如炬的目光。「我不只要答應你，更要在此時此地發下神聖的誓言：你將不再聽見我談及此事，就如未曾告訴過我一樣。這些話語將永不流過我的雙唇——**我將如墳墓般緘默，我的摯愛。如墳墓般緘默，直到永遠。**」

他突然移動了一下，她則抗議般地伸出手臂，想要靠在他的肩上，但卻陷入彼此肘部的凹陷處，使兩人擁得更加緊密，不再有任何距離。他們再次融合唯一。

這一夜就如過去的所有夜晚，白月高掛，星辰點綴其間。

××××××

他們幸福的關係能夠維持三年，對她來說並不意外，因為自己早就有所預料。她深知這件事，也確信會如此，但卻依舊無法解釋清楚原因。當其他人的關係都是如此肯定、無疑地慢慢凋零時，他們之間究竟是如何維持關係的？究竟是她與眾不同，又或是他異乎尋常？

她知道這並非如此。就與其他居住在城市的人們一樣，他們被困在只有兩個房間和浴室的小隔間裡，天花板還低得幾乎就要撞到頭。他們彼此之間赤裸坦承，個人的邊界被剝奪，所有謊言、隱私和祕密皆無法存活。很快地，彼此間將不再有話題能交流，也不再有驚喜能展示。或甚至，也不再能想出，對方沒能猜過自己會想出的事情。

就像其他的男人，他在冬天回家時，消瘦又受寒；夏天回家時，煩燥又疲憊。就像其他的男人，腳時不時就受傷，一回家便馬上脫掉鞋子；週日也不刮鬍子，下巴的邊緣看起來又髒又有陰影。就像其他的女人，炎熱的七月夜晚裡，她濕漉漉的頭髮會在烈火烹煮的鍋爐上盤旋。就像其他的女人，她會在寒冷的冬天早晨起床，關窗並開暖氣，然後再不優雅地抽著凍得發紫的鼻子。儘管不知道是什麼樣的魔法，使他們對這段關係心滿意足，但更重要的是，他們還是在時間的考驗下倖存下來了。不再見到餐桌上擺著領帶、床頭櫃放著化妝品，也不再有任何驚喜的言語，或是其他新奇、不曾見證過的特質；一切都被攤在陽光下，無處能再躲藏。

這又是為什麼呢？無人能知曉。連他們自己都不知道了，何況是他人呢？

這並不像一時燃燒猛烈的大火，又迅速熄滅殆盡，而最後只留下苦澀與冷漠的塵埃。這反而讓她想起廚房爐頭的小火苗，不是格外明亮顯眼，但總是在它那小小的世界裡平穩地燃燒著。

有一次，他們去諮詢醫生一些小問題——肯尼的脖子上長了需要切除的瘡——儘管這位醫生解釋得可能有點太專業，但或許是最確切指出問題的人。在簡單的手術過後，醫生仔細地觀察了眼前肩並肩坐著的夫妻，友好地問道：「你們結婚多久了？六個月有了吧？」

「五月的時候就已經三週年了。」她帶著自負又謙卑的微笑回答道。

這答案顯然使他有些吃驚。她看見醫生微微搖頭，表示讚賞。「你們看起來真般配。」他若有所思地低聲說，然後補充道：「無論是精神上或是生理上。」

她一時低頭看向地板，感到自己的雙頰溫暖了起來。這感覺有點像——全身脫個精光接受檢查一樣。離開後，她和肯尼都沒有主動提及這件事。

對彼此之間，或乃至對整個世界，他們都是如此滿足、如此和睦，甚至因此而沒有更多物質上的所求。

充滿野心的欲求能夠在不滿的土壤中發芽茁壯，但他們顯然並不想追求鉅額的財富，又為何要呢？買衣服嗎？在他們每週去一次的電影院裡，誰能在黑暗中看清楚，她穿的究竟是五十元還是五元的洋裝？更好的家俱和更寬敞的公寓？他們總會有的，或許一年後就有了，也有可能是兩年，或甚至三年後；這並不急。既然自己唯一會看見且真心在意的，是面前的另一半，周遭環境又有什麼重要的呢？當他不在身邊，牆壁都顯得殘破不堪；而若他在，一切皆光彩照人、如春日般溫暖美好。至於車呢？他們也很快就能擁有一台了，畢竟不必花大錢就能買到。然而，地鐵站就在樓下街角處，那麼真的有那麼需要特地買一台嗎？

就連小孩也是——她並不是真的很想要有小孩。她母親曾狡猾地探問過一兩次，是否有嘗試避免生小孩，她則回答：「沒有，但幸好我們沒有小孩。我只愛肯尼，心中沒有多餘的空間給另外一人。」

他的工作就像老舊鞋子一樣，舒適、熟悉，非常適合他。早在結婚前兩年就開始入行，至今已經是第五年了，久而久之便熟能生巧，做起來游刃有餘。工作已是他生活的一部分，和她一樣密不可分，緊緊交織在一起。將之稱為工作或許不正確，這不僅僅只是藉以維生的工具而已。這是他生命中，難得與她分開度過的一部分（每天早上到傍晚），就如同與她一起度過的部分，同樣珍貴、同樣親密。

他的上司叫做哈雷特，是個寬容、友善又通情達理的人，也常常在餐桌上扮演著不在場的第三人。經過許多提及過這個名字的夜晚後，她都覺得自己已經熟識了這個人，即便從未真正相見過。

他會說：「哈雷特今天剛度假回來，整個變了人似的，連妳也會認不出來。他在兩週內就重了十五磅。」

「他增重可是好事，不然之前看起來太憔悴了。」她會這麼回答，即便不曾親眼見過他，但肯尼之前還是有提及過。

又或是，「哈雷特的小孩長牙齒了，真希望妳也能看到。他一整天都驕傲得像隻孔雀似的。」

「哇，真是驕傲！」她會驚嘆道。「轉眼間，這已經是第二胎了。」

每一晚，哈雷特都會以隱形但受到歡迎的第三人身分，加入他們在餐桌前的話題。

隨著時代逐漸垂死而步入終結，生活開始不知不覺地融入未來的新時代；肯尼收到了另一份薪水更好的工作邀約。

「你有和哈雷特說過了嗎？」

「當然有，我不會背著他做這些事的；都已經認識這麼久了。」

「他怎麼說？」

「他說自己有多不想看到我走，但也不想阻擋我出去發展。他已經很公平地分發薪水，而且不能再幫我加薪了。他說一切都不太穩定；華爾街的災難正在到處蔓延肆虐，在平息之前，至少還要忍受半年或更久才能撐過去。但另一方面，他也告訴我，只要他還在公司裡，就會確保我被公平對待，沒什麼好擔心的了。我想自己應該可以安定終身了。」

一兩日後，她再度問起這事。「你決定好要怎麼做了嗎？」

「我拒絕邀約了，我要留下來繼續和哈雷特做事。」

她早知道如此，也為此深感欣慰。她想要他快樂，或更確切地說，她想要兩個人都快樂；因為只要他快樂，自己也快樂。

但突然間，哈雷特在一夜之間走人了，毫無預警。一位陌生人頂替了他的主管職位——這對他們兩人來說，幾乎就像喪失摯親般難過。她的臉甚至變得慘白，就如同他當早第一次聽到這個消息一樣。那一晚，他失去了食欲。

「那個新來的帕克，他怎麼樣？」

「我還不太認識他，今天才第一次見面。」他試著以公正的心態看待。「他應該還好，只是有點不上手，還沒掌握好竅門。」他翻轉了叉子幾次，卻沒有從桌上拿起。

「你會慢慢認識他的。」她試著安慰道，並突然同情地說：「哈拉特的妻子真可憐！想想她該如何度過今晚！」

她總對其他女人有相當強烈的同情心，這種特質並不太常見。

「他不喜歡我。」他在幾週後的某一晚突然說出口。

「或許只是你自己認為而已。」她心裡默默想著，怎麼會有人能夠不喜歡肯尼呢？

「我看的出來。我是哈雷特的老同事，就是因為這點才對我有意見。從他看我的方式就知道。」

「好吧，不要讓他逮到機會那樣做。」

「我沒有，我只是像以往一樣，忙著做自己的事。」

許多攤販在街角上擺著蘋果和柑橘來販賣，他們在乞討還尚未盛行的城市裡，兜售這些水果來擺脫赤貧，全是因生計所迫而為之，絕非只是靠行乞度日的乞丐。這些攤販都是壯年、身體建好的人。但在一兩個月後，這現象又突然消失了，好像是那些陷入困境的人口，已經大幅度超越富裕階級，以至於他們無法再賺取更多的利潤。窮困者與富有者的比例發生了逆轉。

帕克砍掉了他一半的薪資。他鬱積著怨恨回家，與其說是對這件事本身而怨憤，不如說是因為其他待得時間更短的人，沒有遭受同樣的待遇而心生不滿。「帕克只顧自己的人。」他給出結論。

「你真的確定是這樣嗎？」她憂心忡忡地問道。

「我問了一些人，他們都不承認，但光看他們聽到自己的薪資沒有被裁減時，露出的微妙表情就知道。」

「可是這不公平呀！」

他的嘴扭曲成醜陋的形狀。「我敢說，就是因為我承受減薪，他的一些人才能不被解雇。」

「或許你可以去找他……」

「那正合他意，好讓他可以藉機趕走我。妳該看看，當我離開收銀台的窗口並打開信封時，他臉上露出來的表情。我抓到他用一臉得意、假笑的樣子注視著我。」

「他到底為什麼要這麼做？你又沒對他做什麼壞事。」

「他就只是對我有意見而已。對此，我做不了什麼，只要對方是上司，就什麼都做不了。他在我之上，有權力這麼做；他深知這點。」

「或許情況會開始好轉，你就能去其他地方工作。總統說明年春天就會……」

「總統有做我的工作嗎？」他悶悶不樂說道，一會兒又繼續說：「我會撐著是因為自己別無選擇。只要一有機會，一定要馬上離開那裡。情況已經糟到，只要看到那個傢伙，我的內心就會無比複雜的感覺。他每次在我忙著工作時從背後經過，我都能感覺到某種東西……」

她感到氛圍變得緊張，再次朝他襲捲而來，彷彿自己在好久以前的夜晚，曾經見證過一次。好久以前，長凳椅上，星空之下。

「我不會那麼簡單就怨恨一個人，弗朗西絲。」他低聲地喃喃自語道：「但若我真的恨了一個人，就不會善罷干休。我不會忘記別人帶給我的傷害。」

她垂下臉皮片刻，又再抬起來。就在這時，一段令人心生恐懼的記憶掠過她的腦海。「噓！」她勸阻：「噓——！」並將雙手輕輕按在他的額頭上安撫，彷彿想要熄滅他的怒火。

××××××

這一夜就如過去的所有夜晚，無月，唯有星辰。

夜色已深，她駐足在窗邊已久，看著他在外頭的身影，心生畏懼。他的身影在黑暗中步步逼近，看他行走的方式，她便知道一定出了什麼事。他甚至不記得自家的大門，差點去到隔壁鄰居家，正當她準備開窗呼喊時，他猛地轉身折返，回到他所歸屬的地方。

她離開窗戶立刻來到門前，焦急地並攏著雙手放在面前，不知該向誰求助。

他的步伐安靜，緩緩爬上階梯，一步一步進入她的視線，蒼白的臉上盡顯疲憊，卻也無比沉著。他的襯衫靠近衣領處裂了很大的破口，外套上的兩鈕扣也消失無蹤。一進門，便默默走過她身邊，無語、伸手脫下帽子，一頭亂髮露出，指關節上還有一道淡淡的橙色痕跡，必定是流血乾掉所留下的。

他重重跌坐在椅上，雙手合攏呼氣，就像在取暖一樣，但天氣並非真的寒冷。

她將廚房的椅子拖來，並坐在對面的桌旁，他似乎不想說話，而她的內心則充斥著不安。不久後，她嘗試克服恐懼，膽怯地靠近他身邊，將他的領帶從皺巴巴的衣領下解開拉出，並繞了一圈後取下。

「肯尼，是帕克嗎？」她終於開口問及。

他開始說話，彷彿方才的沉默只是一時疏忽，只是在等待著問題的來臨。

「我被帶去警察局，才這麼晚回家。」

她以指尖充當梳子，將他的頭髮像後梳理，非常輕柔，令人感到撫慰與信服。她沉默。

他對著空中微微笑。「我**狠狠**揍了他。」他滿足地說道，卻也帶著一絲擔憂。「呵，揍他的那一拳可真好。光是那一拳，就足夠讓我這幾個月受的委屈完全值得。他一路倒回自己的桌上，然後摔到一旁的地板上，所有東西都掉他在身上。

根本就和電影演得一樣。」

她心裡想，他們就只是和小孩一樣幼稚而已。不過，如此行為的後果只會更嚴重，因為他們的肉體早已成長為成年的男性。

「如果他們沒有阻止我，我想我應該會……」

她立刻緊緊閉上眼，試著想驅逐將他接下來的話。然而，他並未接著說下去。

「然後他就叫了警察。妳也知道——想嚇唬我而已。他們把我關押在那裡一會兒，最後他還打來說不投訴了，如果警察願意就可以放我走。心胸還真寬大。」

他幾乎是咬著牙說完話，最後又說：「所以才剛從那裡回來。」

「別擔心，或許這樣才好。很高興這終於結束了。一天又一天下來，也開始慢慢懂你了。」

「我會換工作，看我的。」

她靜默了一會兒，隨後又再膽怯地問道：「那推薦信該怎麼辦？現在到處都需要推薦信；尤其是最近，每個工作都有好多人在求職。而且只要他還是主管，只要有人打電話來問你的資歷，他可能就會很惡劣地……」

他好一陣子沒有回答，彷彿現在才想到這一點——也是第一次遇到這種困境。接著他終於開口：「如果真的會這樣……」話語停在此處，便不再繼續。

只剩下四塊五十分錢，這是身上所剩無幾的錢了；然而不知怎地，銀行存摺上的紙頁卻打了洞，顯示著「關閉」二字，並一毛都沒有地退還給了他們。這件事帶來了急劇的變化，使她的內心遭受猛烈衝擊而逐步瓦解——彷彿身陷在恐怖的夢魘中，向著黑暗、無底的深淵下沉，再也無法見到天日。

他茫然無神地走出銀行，低頭盯著手上的帳本，指頭無止盡地翻面。她則勾著他的手臂，一步一步帶領他前進，以防止撞上他人。在外面的人行道上，他突然停了下來，彷彿不知道該往何處前行。「我們的安穩……就這樣走了。」他說道：「就這樣走了，我們這三年的人生。」

「肯尼，不要這樣。」她哀求道。「不要這樣想。」她輕輕將帳本從他手上拿走，並丟到一旁的垃圾桶。「走吧，我們回家。」

他只短短地說了一句話，非常小聲，卻十分冰冷。「我還得去感謝加瑞特·帕克。」她顯然很不喜歡這句話。

幾週後，他便找到了活可以幹，但那不再是個工作了。按時薪算，每小時賺二十五分錢——在藥房的窗櫥裡作展示。他告知了地點，而她基於某種衝動，當天也偷偷跟著去了那裡。她看見一小群人聚集於此，便悄悄來到他們身後，踮起腳尖觀望。他就站在明亮的窗櫥裡，只穿著汗衫和褲子，展現出強壯肩膀和二頭肌。他手裡拿著小小的專利藥品，在指著它的同時，也彎曲雙臂使肌肉膨脹，並像電影裡的泰山一樣拍打自己的胸膛。每小時二十五分錢，供路人駐足觀看。

她寧死也不願讓他知道自己來過；他已經受到足夠多的苦難了，不能再讓他受到任何打擊。她立刻轉身跑回家，一路將雙臂緊緊抱著胸膛，彷彿自己被剝光了衣服一樣，赤裸、羞愧。她無法忘懷，他那太陽穴上明顯的脈動，是如何暴露了自己正在故作堅強的。

他回家時，她一話也不說，也盡量不去看放在桌角的那七十五分錢。她沒有說出，自己有跟去看過。

他倒在椅子上，低下了頭。

「我好羞恥，」他喘不上氣地呼吸著，「弗朗西絲，我真的好羞恥。」

「肯尼，別再去了。我不允許你再去了。」

他那感到羞辱、自責的心態，比導致他們陷入如此處境的情況，還更難以忍受。「當初不該和妳相遇、娶妳為妻的。我甚至連食物都買不起，我什麼都不是。」

她跪在他身旁。「我不知道該說什麼，才能讓你知道，你對我來說有多麼重要。不管你有不有錢，我都以你為榮。你永遠是世界上最厲害的人，我不知道該如何做，才能不為你感到驕傲。」

他靠在桌上將臉藏起，發出那些她從未聽過，也不想再聽見的悲鳴，痛苦而低沉。抽泣聲漸漸平息，一道平淡而冷靜的聲音響起。「有個人。有個人害了我。」

××××××

夜色最深時，一道光明赫然出現——希望的曙光。他在絕望之下前去找了哈雷特——他的前上司。

「哦，肯尼！他還可以為你做什麼事——？」

起初，他無法清楚表達出來。但僅僅看他是如此渴望、如此可憐地急於訴說，她便立刻知道那必定是件好事。「聽著，弗朗絲！他明天就要去和他們談談，我也會到那裡去。他雖然已經不再幹這一行了，但他認識這些人，而且也認為可以幫我辦好事情。他說以我過往的經驗來說，沒有任何理由能夠這樣對待我。然後妳猜他做了什麼？我發現他趁著我不注意的時候，偷偷把東西塞進我的口袋裡。一張五元鈔票。他不想傷到我的自尊，所以才沒有問我是否……」

他的臉上滿是感激之情，以低沉沙啞的聲音假裝責備，其實意在表達最深切的欽佩。「那老傢伙真是的，我還能對他怎麼辦呢？」

他整晚都無法入睡。今晚不同於以往，他沒有悄悄在喉嚨深處發出咆哮，也沒有咬緊牙關發出咒罵般的嘶聲。他反而睜大著眼，屏息著，滿懷希望。她知道，因為她也無法入眠。兩人老早就起床，雙眼紅腫、面容憔悴，但卻無比欣喜。她隨著他走到街角，目送他離開的身影，並祝福他好運。即便背影離開視線已久，她仍駐足在原地，祈禱著。

然而，當他回家時，看似事情出了差錯。看見他的表情，她的臉色也跟著黯淡無光。

「肯尼，他們——？哈雷特忘記和他們說了嗎？」

「推薦信。」他簡潔地答道。當「帕克」這個名字來到嘴邊時，他嚥了口水而停下。

她只是注視著他，上齒咬住下唇，有著不祥的預感。

「他是在哈雷特之後，我最後一個前上司。光有哈雷特的推薦信還不夠。」

他重重跌坐在椅上，遮住雙眼。「他們明天才會通知我。還是得依照程序走。」他擺了擺手，表示不確定的意思。「我想自己還有機會的。」

她知道他的心裡在想什麼。「別害怕，沒有人會這麼沒人性的。他還能說什麼，來反對你做事的能力呢？什麼都說不了。頂多只有一次你發火，攻擊了他而已。」

整個黑暗的夜晚，她都可以看見雪茄菸在窗旁，微微發光又漸漸黯淡。挫折感不斷在內心悶燃著。

當他隔日準備出門時，她說：「肯尼，我知道這很多餘，但你可以在知道之後馬上打給我嗎？我會在樓下糖果店的電話旁等你。所以我才……我才好更快知道。」

他沒有回答，只是給了她一個吻，以示答應。

她從十點就開始坐在吧枱的高腳椅上等著。和老闆娘聊天不久後，便耗光了所有能用的話題，於是就一直坐著等待電話響起。三點的時候，一個女人帶著她讀高中的女兒離開，弗朗西絲很高興不必再聽到她悲慘的故事。四點來臨，接著五點也到來，店面很快就要關門了；所有商家都在五點左右關門。

她突然站起身，投錢到電話裡。

她膽怯地問道：「今天……今天有新的人被帶過去嗎？」

電話中的女子說：「有的，我想應該有。」

她的心跳加快，所有等待都化作泡影。「可以請妳……給我他的名字嗎？」

女子詢問了一下，並得到訊息。

「霍爾德・艾爾森。」

她沿著櫃檯摸索走出店家，爬回樓上的公寓。他就坐在那裡，燈關著，肯定很久之前就回來了，幾小時之前；而她還在樓下的糖果店白白等著。

他只是抬起頭看她，又再度低下頭。即便不瞭解他的表情意味著什麼，她都還是會嘗試去解讀其中的可能。她並沒有走上前安慰，因為他的悲嘆需要空間。

「他真的這麼做了。」許久之後，他說道。

他長長地深吸一口氣，慢慢將空氣吸進肺裡，憋了一會兒都沒有呼出來。

「我應該殺了他。」他以幾乎聽不見的聲音說。

「肯尼，」她嗚咽，「肯尼。」

「那是我唯一的機會，而且不會再有了。我錯失了機會——都是多虧於他。工作被其他人搶走了，現在這種時候也不會有人輕易放手。我也無法讓哈雷特替我介紹工作。現在我們兩個，得承受數月的悲慘了。這都得怪他。或許數年也不為過。妳知道這意味著什麼嗎？」他拉開襯衫，加拳頭抵在裸露的胸膛。「妳懂那感覺嗎？在這裡，可以把一切過錯都怪在一個男人身上。該承擔過錯的不是命運，不是環境，也不是機遇——而是那個男人。他就跟我走在同條街上，而且住得還不遠。」

「肯尼，不要這樣。想想我，我無法忍受你這樣說話。」

然後他再次重複那句話，比第一次還要輕柔，卻也更加惡毒：「我想要殺了他。」她看見她的雙手緊緊合攏，凝固似地僵硬。

一段時間過後，她讓肯尼斯吃了些東西，並坐在廚房裡；背對著他洗碗，心想最糟的部分大概都已過去了。

然而，背後沒有任何聲響傳來，她立刻轉頭一看，發現椅子是空的。盤子掉落、摔得碎裂，她奔向門口往外查看。

數小時過後，他終於回來，而她則在街角等著。看著他不穩的步伐，便知道他喝醉了。但這不重要，沒有什麼東西，比他回來還要更重要的了。她跑過去環抱他的腰，一起搖搖晃晃地走回家。

「肯尼，為什麼要這樣對我？為什麼要這樣嚇我？你一話不說就走了，連一句再見也沒有。肯尼，你讓我很擔心，想了很可怕的事。」

他知道弗朗西絲在說什麼。「可憐的弗朗西絲，」他回道，「我醉了。喝酒一點用也沒有，在整個過程中，我一直都沒能忘記。」

他們肩並肩地慢慢爬上樓梯，踉蹌得好似兩人都醉了，而非只有一人受酒精之苦。「我醉了，弗朗西絲。妳之前都沒看過我這一面，對不對？妳現在不想吻我，對不對？但我還是好想吻妳，比以往都還要更想。」

「我想，真的，我想要。」

當他們終於回到公寓時，他立刻重重跌到椅上，差點也拉著她一起。

「要我幫你脫鞋嗎？」

他搖頭，舉起手，無力地微微一笑。「我沒那麼醉。」

「讓我看看你的臉，為什麼要把臉遮住？」

「有什麼好看的？」

確實沒有什麼好看的，就只是他的臉，一直以來都是如此。他的雙手再度舉起，又一次地遮住臉龐。

晚餐不久前，一件事情的發生，改變了他。起初，她還不太瞭解情況，他也看似無事，拿了報紙坐下來閱讀。然而，當她呼喚肯尼斯來吃飯時，他已經變了個樣，顯然有什麼事發生了。這並非她所熟悉的任何情況，所以無法判斷究竟出了什麼事，但是能夠感受到其中參雜著一種全新的東西，壓抑著，隱藏著；她只能將此歸因於對昨晚酒醉的懊悔。但倘若他為酒醉而感到羞愧，為何這麼晚（已經過了快一整天了）才有所感受呢？為何不一早起來就向她坦承呢？

他仔細端看她好幾次，彷彿正想著該如何阻止她發現，她自己終將會發現的事情。赫然間，他問道：「你看到了嗎，報紙？」

「看到什麼？」

「翻到後面，不是，後面那一頁。」

帕克被發現，死於住家外的街上。沒有描述任何細節，反正也不重要了。唯一值得注意的是，報紙上寫是「不知名的兇手」將他謀殺致死的。

這項新聞在她的腦海中升起迷霧，她一臉迷茫地凝視著肯尼斯。他垂下眼，然後又再度升起，努力與她對視。

「你為什麼不一看到就馬上告訴我？」

「我覺得這很好笑。」他聳肩承認道，帶有一點戒心的意味。

她一開始還不太瞭解是什麼意思。「為什麼？為什麼覺得這很好笑？」

他將視線移到一旁，低低落在地板上。

「因為我一直都在談論他、指責他。」

這聽起來有些站不住腳，感覺不太真實，她覺得真正的原因遠不只如此。但這一次，她對他的理解還是失效了，無法想像出到底是出於什麼原因而如此。

不久後，他們還坐在那裡討論這件事，她展現出對其他女性的同情心，低聲說道：「我為他的妻子感到遺憾。想想當他沒有回家，最後還是陌生人上門通知，她會有什麼樣的感受⋯⋯」

「幹得真好！」他將殘酷的心思脫口而出。「他根本自作自受！」

她驚得目瞪口呆，沉默地坐在一旁。並不是因為他剛才說的話而震驚，而是因為那些話所帶來的發現。發現如下：他最近對報紙上的新聞感到侷促不安，並非如他所說的那樣，是出自於先前對帕克的指責辱罵。不太可能是如此。他現在又正做著同樣的事，不自覺地再次自相矛盾了。

一定是出於其他的原因才如此。

那道念頭只在那晚出現過；她當時正躺在黑暗中思考著，那道念頭閃過她的腦海，彷彿發出危險的紅光照亮整座房間。她一直在想，對肯尼來說，帕克遭遇這種事會許也好，他終於不再礙事了。她現在就像卸下了心中的一大負擔般感到解脫，因為自己好幾週、好幾個月以來都在擔心，這種事有一天可能會發生。不過，可能會是肯尼……

接著，那道念頭再度降臨。

為什麼他今晚在我面前讀到新聞時，看起來這麼不自在？

為什麼過一段時間過後，才將新聞告訴我？而不是馬上就告訴我？

他曾告訴過我，自己不會忘記任何人帶來的傷痛。

在我們結婚之前，他就曾做過這樣的事。

她連在心中，都不敢提及「聖路易斯」這地方。

她撐起身子轉向他，並伸手想要觸摸他。但某種東西似乎阻止了她，而無法完全伸過去。「肯尼。」她膽怯地低語。他不是熟睡了，就是沒聽見那道微弱的氣音，正呼喚著他的名字。

她心想，還是別問他好了。我怎麼可以問他呢？要是問他了，就會連帶責備到另一次的事情。我既然已經發下誓言，就要遵守承諾，永不提及那件事，永遠。

她強迫自己躺回去，並用手緊緊遮住嘴巴，彷彿極力想要抹去那可怕的問題，以防止它溜出嘴邊。

「事情不是這樣的。」她一再地在心中重複說道。「不可能會是這樣的。他只是出去喝酒了，只是出去喝酒而已。」

接著，一個念頭彷彿潛藏已久，帶著惡意地盤旋徘徊著等候機會，強行闖入了她的內心。

「他昨晚去了**哪裡**喝酒？他究竟去了哪裡？」

隔天晚上，他一樣坐在她旁邊，讀著報紙。

經過整整五分鐘的嘗試後，她終於開口了。「肯尼，你喝醉回家……那晚，是去了……哪個酒吧？」

報紙遮住彼此之間，他花了一分鐘才回答：「我不記得了。」

「街角再下去的那家昆恩酒吧嗎？」

「不是，」他說，「更遠的。我也不太記得了。」他將報紙甩了甩，貌似在說：不要問了。

她不敢再繼續問下去。他為什麼要去更遠的酒吧？昆恩酒吧的人只會讓他喝上一兩杯，但其他地方則不會。他那晚一定因此而喝了不多。

許久後，她過問：「他們抓到他了嗎？」

「誰？」

「犯下那種事的人呀，你知道的，就是帕克那件事。」她邊將碗盤壓在腹部上來擦乾，邊轉過身問問題。報紙遮住了他的臉，只有額頭露出來。

「沒有，」他淡淡地回答，「目前為止，都沒看到有報導。」

「他們大概一兩天過後就會抓到了吧？他們總能抓到兇手。」

「也並非總是如此。」他唐突地說。額頭和報紙都沒有任何動作，他肯定停下讀報紙了，否則當他的視線越往下移動時，紙上的字句就會慢慢爬過另外一個段落，而變得壅擠、模糊，難以繼續閱讀。

她轉回來，將擦乾的碗盤彼此疊放。他們確實失敗過一次，她在心中默默同意，就在聖路易斯。

他不安地到處徘徊，一下子站在此處，一下子又站在彼處，最後終於說道：「我應該會出去走，呼吸一下新鮮空氣。」

她警告說：「你最好穿暖一點，外面很冷的。你的外套就跟衛生紙一樣薄。把你的針織衫套上。」

他穿好後卻抱怨道：「我沒辦法同時穿這兩件，太厚了。」說完便脫下外套，只穿著針織衫就出門。外套便這麼被隨意扔在一旁的椅子上，凌亂不整。

她拿起一把衣刷，將外套放在膝上，開始稍微刷拭一下。然後將口袋的內襯翻出來，清出裡面的碎屑、香菸顆粒物和結塊的毛；她知道這些東西很容易附著在衣服的接縫處。然而，她發現一張皺巴巴的淡綠色紙片，就算翻出口袋了也還是附著在上。將其取下一看，沒什麼特別的，只是一張電車車票。

將衣刷往上刷一下後，她停下了動作。他搭電車還真是古怪，明明地鐵離住處更近，速度也快很多。她丟掉車票後又再度拾起，並將皺痕拉直，使其長度擴展一倍。

究竟是為什麼？在「獨立使用無效」的標語下，標示著換乘點的站名，她看出這班車不是往市中心的路線。

康頓大道，南。

麥康伯街，南。

菲爾莫爾街，

南。

外套從腿上掉落，她走到房間另一側，一腳踩到外套上，完全忘記自己正要刷拭它。報紙還留在桌上，他一讀完就丟在那裡，但她並不想要那一份，而是想要隔一晚的那份。她在裝有紙袋和其他東西的容器裡，翻找到那份報紙。

在茫茫字海中，她撈到了自己想要知道的語句，之所能這麼就找到，是因為她還記得文章的位置。「……加瑞特・帕克，居住在費爾摩爾街二十五號，南……」

車票的日期標記為紅色，是兩天前的晚上——他出去喝酒的那一晚。上面有兩排小方框，每個方框裡都有一個數字，以標記保險的確切時間，上排為 A.M.，下排為 P.M.。最底排的十被整齊地打穿一個小圓孔，若是沒有一側的九和另一側的十一，她根本就猜不出來是幾點。而帕克的死，正好介於十點到十點半之間。

她站在火爐前，將淡綠色的車票放入火光之中，一臉絕望、懊喪。

「現在我知道了，」她不斷在內心重複著，「現在我知道了。」

她將火光熄滅，並拉起窗簾。

這一夜就如過去的所有夜晚，無月，唯有星辰。

×××××

兩天過後，她看見了那位陌生人的**名字**，對她來說毫無意義可言，就像是憑空捏造出來的。

「他們抓到兇手了。」肯尼意外地說，發出了一聲長長的嘆氣。

她快速跑到肯尼身邊，看向報紙。他們已經逮捕一位叫做康斯汀的人，並指控他是謀殺帕克的犯人。他曾為帕克工作過；並不是肯尼在職的時候，而是比較近期的事，短短幾週前而已。他遭到不公正地開除，因此懷恨在心。宛如肯尼那恐怖的遭遇又再度重演一般，只是名字被更換了而已。康斯汀當晚的十點到十點半，沒有不在場證明，只說自己外出喝了幾杯酒，什麼都不記得了。她被如此的相似性嚇壞了。

報導僅短短幾句話就結束，一個人的性命如此被簡約成日常的一部分，只是登在報紙後頁的一條小新聞而已。從現在開始，她看清了事實，不再畏懼。看見他走在外面的街上，內心不會再沉浸於冰冷冷的恐懼之中；聽見敲門聲或上樓的沉重腳步，也不再會使自己感到一絲絲的不安。

「肯尼，他否認是自己做的。」她憂傷地說道，不與他有眼神交會。

「他們都這樣的。」他不以為意地回答。「也不指望他會承認，對吧？」他將報紙放在一旁並站起身。「我們出去電影吧，」他說，「我……我今晚覺得好多了。」

當晚，那遭到遺棄的名字，悄悄潛回黑暗之中——康斯汀。只是新聞裡一個抽象、捏造的名字罷了，瓊斯、史密斯、布朗、康斯汀。她在心中默默說道：「我必須忘記這個名字，這不是真實的名字，沒有這麼一個人。」

她在床上翻來覆去。

沒有這麼一個人，沒有這麼一個人，沒有這麼一個人……

但同時間，每句的複誦都會引起如戰鼓般的回聲，無情地反覆敲打在心頭——康斯汀。康斯汀。康斯汀。

×××××

他又回去工作了，回到那老地方。如今帕克不在了，他的薪水便恢復到之前的三分之二。世界開始艱難地從深淵中掙扎出來，並重建對於充裕、節儉與簡樸的新標準與觀念，安全與穩定也於混亂中重返，但再也不復舊時的奢糜。

在他領到第一筆薪水後，就幾乎不再收取救濟了。此為時勢所迫，若不這麼做，就得面臨懲罰；但還是有數千人延遲這麼做，盡可能地收取到更多的救濟。

然而，這卻幫助他的身體慢慢回復以往，康復到原先的狀態。步伐變得更穩定、快速。老道、開放，且無憂無慮的目光回歸。沐浴在嶄新的幻覺中，他開始相信自己對世界有所用處與貢獻，精神上的折磨慢慢得到緩解、生活中的苦澀也變得溫和，宛如接受了放射治療，整個人神采奕奕、容光煥發。

就連熱情與歡樂，也開始時隱時現地出沒於家中，比如他每隔週六將裝有薪水的信封袋帶回家的時候。信封袋裡的東西，比金錢本身的價值都還要來得更有意義。

她只是低頭看著信封袋，肯尼於是傷感地問道：「該怎麼做，才能讓妳有更多的笑容？」

「我有微笑的……你看……我有的。一如既往，只要你笑，我就會笑。」

「但是妳的內心卻沒有。」

（「**他**也有過工作的，那可憐的人兒。」她心想。）

××××××

那個名字在報紙中首次簡短提及後，就此消失——彷彿已有數月之久，又或者只是幾週前而已？畢竟只是個微小的事件而已，沒什麼重要的，不值得一提。之後只要有他在，她都不會再靠近報紙一步，但有這麼一兩次，她在睡前找了些藉口，穿著睡袍在另一個房間，焦急地想在關燈前，找到報紙放在何處。她從未能找到任何提及此事的新聞。但他依舊是真的，她在心中說，彷彿成為幽魂般，回到她丈夫所身處的黑暗中，那裡安全而無憂無慮；他是真實的，他就在某個地方。

某一晚她問道：「那個被指控謀殺帕克的人，現在怎麼樣了？還在關著嗎？」

「一定是，我沒有讀到他被釋放的新聞。」

「他在監獄受盡折磨，」她心想，「而我們卻……」

突然在一週之內，她的問題彷彿是不祥之兆，釋放了潛伏已久的災厄——他們讀到他被送上法庭受審。這並非一樁特別轟動著名的案件，沒有太多的報導篇幅，而且這種事也在他們所住的大城市中，早已司空見慣、不足為奇，很多人都會被指控謀殺而被判刑。他習慣買回家的那份報紙中，沒有收錄任何照片，至少不會有那種案件的照片。然而有一次，除了原本的報紙之外，他還帶了一份小報回來；並不是他買的，而是地鐵上坐他旁邊的人留下的，上面沒有皺痕，幾乎全新。這份小報的三分之二都是照片，文字則些少地參雜在其中，而且報導的新聞幾乎都是這種案件。

毫無戒心地翻閱著，她抬起頭來，一臉震驚不已。

「怎麼了？」

「他有妻子。」她驚愕地說道，就像見了鬼一樣。「我現在才知道。」

「誰？哦，康斯汀。妳怎麼會覺得他沒有呢？」一會兒後他又說：「連殺人兇手都有妻子。」

啊，是呀，她在心中默默同意，帶著一絲酸楚的怨念。是呀，肯尼斯・米切爾，你說得沒錯，就連殺人兇手都有妻子。

那一晚，她做了惡夢，夢到一張陌生臉龐正對著她，靠著很近。那是一張陌生女子的臉龐，被悲痛與不幸侵擾著。「妳有妳的丈夫，」一陣兇惡的低語傳到耳邊，「那麼我的在哪裡？」

她努力將臉轉到一邊，試圖避開那指責的目光。

「殺人兇手！」幽魂如此譴責，「殺人兇手！」

「不是我做的。」她痛苦地呼吸著。「是**他**。」

「是**他**殺了帕克，但妳才是殺了我丈夫的人——他因妳的緘默而死。是**妳**做的，不是他！殺人兇手，殺人兇手！」

她驚恐地醒來，壓抑著尖叫，迅速逃離床鋪，並站在窗前往外看。

她的胸膛如抽搐般地劇烈起伏，臉上沾滿了冰冷的濕氣。她總是對其他女性抱有強烈的同情心。

這一夜就如過去的所有夜晚，無月，亦無星辰。

××××××

當她有所意識時，發現自己正盯著對面街上的房子看去。有著如餅乾盒般的建築輪廓，其磚面被煤灰覆蓋而暗淡，看上去平淡無奇，卻如此實實在在。只是一座普通的公寓，就如其他遍布於城市中的數千座公寓一樣。幾乎走在任何街上，就能看到一座差不多的建築。

她嘗試平緩情緒、掙脫思緒，但卻做不到。她思索著，那位女子究竟坐在哪一扇窗戶之後，獨自承受著折磨，壓抑著痛苦？那位女子如此地等待著黑夜侵襲；她的丈夫將死於今晚，今晚就是他的最後一夜。

我是唯一可以拯救他的人了。如果我現在回家，他將必死無疑；今晚就會是他的死期。如果我明天回來，一切便都太遲了——他將被處刑，做什麼都挽回不了。像個夢遊者般，她在迷茫之中逆著車向穿過街道。一路走到門口、推開大門進去，隨後便身處於一條骯髒的走廊裡，瀰漫著灰塵和飯菜放太久的氣味。她來到信箱前，低頭掃視著名字。

一位門房從樓梯後方走出，手裡提著一桶水。「夫人，您想看什麼？」

「康斯汀。他們……她還住在這裡嗎？」

「當然，她就在三樓。您認識她嗎？」

「不認識。」弗朗絲回答。「我覺得我……必須要見見她。我為深陷困境的人感到難過。」

門房點點頭。「是的，確實是，好吧。」

「她長得怎麼樣？」「長得就像您，同樣的歲數，身材也好。在那事發生之前，他們都很幸福。在她的丈夫被關後，她就生了另一個孩子。」

「她應該大受打擊，非常難受吧？」

門房選擇舉出的例子，打中弗朗絲心中最脆弱的地方。「是您的話，不會如此嗎？她的丈夫就是她擁有的一切。」

她的年齡和弗朗絲的確相仿，現在卻活如痛苦到發瘋的機器人，已經無法再計算年齡，也喪失了真正的性情。她似乎無法完全挺直身子，即便站在狹窄的門口也如此，並弓著腰，頸部宛如懸掛著沉重的石塊。

「妳或許不認識我，」弗朗絲說，「但我想和妳談一談。請讓我進屋，我想和妳談一談。」

門口的女子無精打采地說：「進來吧。」她茫然的思緒顯然已經無法理解，弗朗西絲對她來說，是一個完全陌生的人。

門一關上，她便立刻開始哭泣起來。動作是如此連續，臉部幾乎沒有出現任何變化，只有浮腫的雙眼變得黯淡，以及臉頰滑過一條閃閃發亮的痕跡。彷彿認識弗朗西絲已久，她說道：「我的姐姐晚點會來帶我和小孩走，但她還沒來。可是今晚！哦，我該如何度過**今晚**！」

身旁站著一名小男孩，直直看著弗朗西絲。他母親心不在焉地輕輕拍著他的頭。「不行，進去，不能來這裡。聽媽媽的話，進去和寶寶玩。」

小男孩離開後，她轉過身面向弗朗西絲。「他還不太懂事。」她哽咽道。「我該如何告訴他？他一直問，一直不停問爸爸在哪裡。」

弗朗西絲一遍又一遍地，打開又闔上自己的手提包，看也不看一眼。

女子感到窒息般地難受，開始高聲怨嘆：「孩子到底犯了什麼錯？我沒有要為自己求情，但是將他的父親從他身邊帶走對嗎？難道法律就是這樣，懲罰無辜的幼童嗎？」

「不要這樣。」弗朗西絲喘著粗氣，摀住雙耳。「我會受不了的。」

女子轉向窗戶，外頭正朝著石灰磚牆，現在的牆上布滿藍色的陰影，唯有頂部留有呈三角形的深紅色光照，像極了斷頭台的刀片。她伸出顫抖的手指，指向外頭那一幕。「妳看太陽落得多快。」她嘆息道。「為什麼沒人阻止它？為什麼沒人讓它**停下來**？」

弗朗西絲出於本能地向前，輕輕拉起她的肩膀，想讓她轉向。女子被動地拒絕善意，但在哄勸之下，還是慢慢鬆下腰部和肩膀的戒備，但眼神依舊頑固地注視著外頭正在慢慢消逝的陽光。「那是他最後一次，」她嗚咽，「能夠看見太陽的機會。不要讓他們奪走他往後的機會。哦，女士，不管妳是誰，不要讓他們這麼做！」

弗朗西絲將她帶向椅邊，讓她坐下。她將女子額前散亂的頭髮撥到腦後，並倒來一杯水讓她喝下。「噓——」她長長呼出輕聲。「噓——」

「週日當時本來準備要去找他。」安靜了一會兒後，康斯汀女士低聲說道。「我週日時說了再見。我都不知道自己怎麼回來的。如果我不知道孩子們在這裡等我，如果我大伯子沒有和我一起搭火車——哦，那班火車真可怕！車輪不斷在我腦海中轉動，不斷說著：『永別了，再見，再見，再見……』」

弗朗西絲皺起眉頭，從椅子後面彎下身子，仰頭望向天花板，頭傾斜一邊，彷彿在尋求某種指引，但她們誰也看不見。

「他是不是……」弗朗西絲的聲音小到，連自己都聽不清楚。「他是不是……說不是他……不是他做的？」

「他從一開始就告訴我，不是他做的。他以我們的兩個孩子之名發誓來向我保證，絕非他所做為，不是他做的；他從未接近過那個男人。我**知道**他說的是實話，他是不會對我說謊的，我的親愛的是不會對我說謊的。他的內在沒有那樣的本質，去對任何人做出這樣的事來；我太瞭解他了。他那晚只是出去喝幾杯酒；這樣有造成什麼危害嗎？只是那一晚他必須走而已。我甚至還對他說：『親愛的，今晚別去。』因為我很孤單，想要他留下來陪我。但他必須去看看他的朋友——尼克·馬諾。那是他的朋友，尼克·馬諾。只是那晚尼克有事出門了。如果他們當時能在一起，警察就不會有理由——可是他當時就是在等尼克呀！而且事情就是那時候發生的。」椅子上的身影淒涼地搖晃著。「但還有誰願意聆聽？誰願意幫我？誰可以幫我？」

我可以，弗朗西絲想著。我可以，我一個人可以，也只有我可以。彷彿有一盞明亮、冷冽的燈光亮起，一切事物的輪廓、周圍的房間、椅上的女子，突然變得清晰、透澈。在此之前，一直被自己的混亂所模糊而無法看清；現在一切都顯得如此明晰、如此合乎邏輯、如此……不可避免。

女子以低沉的聲音，繼續訴說自己悲慘的遭遇。「他週日最後對我說的話，他們要我離開時他說的話，是『弗朗西絲，不是我做的。他們要以莫須有的罪名將我從妳身邊帶走』。」

「那是妳的名字嗎？」弗朗西絲驚得發出猛烈的戰慄。「我的老天！」她低聲嗚咽道。

女子的抽泣聲繼續。突然間，她疑惑地扭頭看向椅背後方。「女士？」，她呼喊，「女士？」

無人站在那處。房間只剩下她一人，空蕩蕩的。門微微開著，不知原因。

××××××

一眨眼，她便來到了電話亭，一個不知所在的電話亭，感覺是如此簡單、如此輕鬆。那裡開著一小盞燈，藉以照明。她找出五分硬幣，投入電話機，就和準備打給雜貨店或肉舖一樣，沒有差別——如此簡單和輕鬆，如此必要。

電話另一頭傳來聲音：「妳好，這裡是警察局。」

她說：「我想通報關於帕克案的事，就是今晚要處決兇手的那樁案件。我不知道該怎麼做才好……」

「請稍等。」另一個聲音出現，聽起來並不可怕，而是有點冷淡，態度並不格外嚴肅，亦不強勢欺人。感覺就像——嗯，自己過去曾打給百貨公司要求換貨，在極力保持耐心的狀態下，終於成功讓客服人員瞭解需求。「妳好，請問有什麼事？」

她說：「是關於帕克案的事。不是他做的，那個今晚……要被帶走的男人，康斯汀。你一定要相信我……」電話裡的聲音平靜而合理。「可以給我妳的名字嗎？」

重要的事先來。只要被警察問及身分，儘管在電話中，也要如實報出；絕不可不配合。她一向守法、從未做過需要隱瞞或擔憂之事，因此毫不猶豫地報出身分。「肯尼斯・米切爾夫人。」

聲音顯示出短暫的斟酌，以及讚許之意。「地址呢，米切爾夫人？」

「第四大道四十號，」她接著無緣無故地補充道，「公寓C棟。」每次只要告訴商家明確的公寓號碼，他們都會很開心，因為這讓送貨更輕鬆些。而這似乎也增加了些合理性。

「好了，米切爾夫人。妳剛才說——？」

「康斯汀，不是他做的。我知道，哦，我知道！你一定要聽我的，我要是不確定，就不會來告訴你了……」

「米切爾夫人，是什麼讓妳這麼想的？」

「因為……因為……」她不知所措，感到無助。「因為我知道不是他做的。我就是**知道**！」

那道聲音體貼、耐心，無論如何都願意聽取她的陳述。「米切爾夫人，妳必須要給出理由才行。」

「我有，」她含淚地辯護道，「我有理由。」

「那是因為什麼呢？」

不知何故，她陷入了言語的死胡同，無法掉頭、繞回原路藉以脫身。她並沒有想得這麼遠。辯護有兩個步驟，首先證明清白以免責，再來換人來承擔罪過；她沒有算到後者，也無法想像。然而，這兩者卻不可分割，是構成完整辯護的要素。

那聲音持續推動著她，如此輕柔，將她從僵局中推出。「米切爾夫人，妳怎麼會認為不是康斯汀做的？妳為何如此肯定？」

「因為……因為……」為了使其信服，除了眼前這條路，已經沒有其他路可以走了。當時，對於她飽受折磨的內心而言，被人深信比什麼都還來得重要，使其他的斟酌與考慮都變得黯然失色、相形見絀。「因為是我丈夫做的。」

聲音並沒有任何明顯的變化，反而繼續以平穩的音調說話，似乎仍不願相信她。也許是因為發現這種態度，對目前的情勢最有利，所以繼續使用著這聰明的手段。「米切爾夫人，妳確定自己在說什麼嗎？」

從這時起，情況就變得更加容易了。她開始滔滔不絕地說話，想嘗試說服對方。「是的！是的，我確定！哦，我確定。他為帕克工作幾年了。都是因為帕克的關係，他才被不公正地開除，我們的生活也因此變得很難過。他常說自己會動手，而我也知道他真心有意。哦，我現在記不太起來小細節了……我在他的口袋裡找到事發那晚的車票……」

「妳有留下來嗎？」

「沒有，我把它燒了。」

那聲音幾乎懷疑地問道：「那麼，妳沒有確鑿的證據了？」

「沒有了，但我知道是他做的。我知道自己在說什麼。哦，別讓那人白白送命！你必須去阻止他們！」她必須打消對方的懷疑與遲鈍；他的聲音為什麼沒有任何改變，為什麼不感興奮、有興趣？難道他們不在意嗎？「你不相信我嗎？我真的知道！」她如此重複著。

「我相信，但理由呢？證據呢？」

「因為他之前就做過一樣的事。」

「妳怎麼知道的？」

「他告訴我的！」她幾乎瀕臨發狂的地步。「他在我們訂婚那晚告訴我的。警察從沒找出真兇，但他對我坦承是自己做的。這就是為什麼我知道，這次是他做的原因。」

「第一次，是多久之前了？」

哦，他為什麼會這麼愚蠢？問時間能有什麼用？「我們結婚前十年。在聖路易斯。」

「你們結婚幾年了？」

「三年。」

「十三年前，在聖路易斯。」那道聲音以帶有審判公正的意味說道。她能在電話裡感受到鉛筆頭在紙上躍動；對方略微缺少變化的語調，使她產生了這種感覺。「但妳也沒辦法知道，他所說的是否屬實，他只是簡單告訴妳而已，對吧？」

「如果不是真的，他就不會告訴我了。倘若是假的，他為何還要告訴我呢？那人的名字叫約瑟夫・貝利；我曾未忘記過這個名字。」

「約瑟夫・貝利。」聲音機械式地重複道。

「你難道不明白嗎？」她含淚懇求。「我做這些，都是要他們停下今晚那件事！絕對不能這麼做！就算延期也好……哦，求求你；我根本不認識他，連見一眼都沒有過，但只要想到這事，我就會失眠一整夜……」

然而，直到最後，那道聲音依舊未有任何變化，沒有清醒過來認清事實；她無法讓他相信，自己一直都在說實話。「我瞭解了，米切爾夫人。我不知道自己能做什麼，但我會看看的。妳還是沒有給出太多的證據，足以讓我們作為依據。」

他稍稍沉思了一下。「或許妳來這裡會比較好。如果妳願意親自給出陳述……」

忽然間，她感到恐懼而畏縮了。這種恐懼全新，她從未感受過如此的感覺。不是簡單地在回家路上走進電話亭，打電話讓受刑人獲得緩刑就好了——遠遠不只如此。這麼做，便會涉足其中，被這事緊緊纏困住；整個生活都會因此受到影響。最糟的是，**他**會發現的。就像一桶冷水潑到臉上般，幫助他人的熱心被撲滅，伴隨著恐懼而嘶嘶作響、化作塵灰。去到康斯汀家中探視前的模糊感，又再度籠罩著她，揮之不去。

「哦，不，我不行！」她倒抽一口氣。「我去不得。我……我必須回家煮飯……他在等我……我遲到了……」

電話被掛斷。

她走出電話亭，步伐略為蹣跚。幾乎同時間，後方的電話又再次響起。這使她更加害怕，並開始跑了起來，一路逃到帽子掉落，她頭也不回地將其留在身後。她惶恐地逃離那個地方，在內心深處啜泣著，一再地哭訴：「我不是故意的！我不是故意的！」她一直跑著，直到周圍的夜色因自身筋疲力盡，而變得模糊不清，再也無法辨認該往哪個方向繼續前行。

接著突然間，在自家門前的人行道上，肯尼斯停下了她。她連看都不看，就徑直投入他的懷抱。

他驚訝地喊道：「弗朗西絲！」並將雙臂環抱她，接著恐懼便消失了——讓她急著想逃離那裡的恐懼。

「肯尼，我不是故意的！」她焦慮地氣喘吁吁。「肯尼，我不是故意的！」

「怎麼，就因為妳遲到了？有什麼好害怕的？別這樣，妳現在回來就好了。」他抱著她上樓。「不知道妳怎麼了，還很擔心出了什麼事。但現在都好了。」

家中的燈光環抱著她，這整件事——在那裡發生的事——彷彿就像一場午後的惡夢。

「讓我來煮晚餐吧。哦不。我必須來煮晚餐。他們不能把它從我身邊奪走。」

她進到廚房，在爐灶前蹲下，將盛著肉的烤盤放上合適的架子上。

他跟著進來，探詢地看著她。「出了什麼事嗎？妳的氣色看起來不太好。」

「他們不能把他從我身邊奪走。」她不斷重複著這句話，並接著說道：「她現在很開心了。我全部都還給她了。她現在就能重新擁有他了。」

「誰很開心？」他將手放上她的前額，就像測量體溫那樣。「弗朗西絲，」他哀求道，「不要這樣嚇我。到底發生了什麼事？妳一直歇斯底里的，不告訴我嗎？妳看到什麼壞東西，讓妳差點在街上被撞倒？不告訴我嗎？」

她試圖掙扎著站起，他則嘗試要幫忙。突然間，她的身子一軟，往後倒在他的懷中，被及時接住，以防她摔倒。「我還給她了。」她喘了一口氣。「哦，肯尼。」她低聲道：「我夢到自己做了一件可怕的事。」她閉上雙眼，一動不動地靠他身上。

他將她抱到沙發上，當她睜開眼時，發現他蜷縮在一旁，彼此雙手交疊，一臉悲傷。

「肯尼……」

「噓，安靜躺著，現在別說話。醫生很快就會來了，我打電話給他了。」

「他們不能把它從我身邊奪走。」她試著稍微轉過頭，看過沙發上顯眼的手，向外望去。「肯尼，你的晚餐……餐桌，也還沒設好……肉，烤太久了……肯尼，我從來沒有那麼晚回來過……」

她試著掙扎起身，但被他輕輕按回去。「不行，現在都沒關係了。好好躺著不動就好，安靜躺好……」

「肯尼……」

「醫生很快就會來了。到底發生什麼事？誰傷害了妳？」

「全世界，肯尼。」她低語著。「全世界都傷害了我。」

驟然間，回憶如電流般穿過她的心頭。他抵不過弗朗西絲反抗的力氣，她突然坐直，緊抓著他外套的翻領，搖動著他哀求。「肯尼，那不是夢——！它真的發生了！快點，行李箱——！」

他試圖阻止，而她則奮力反抗。

「我們的行李箱……大箱的那個……在哪裡？把它拿出來。不，你聽我的！

把行李箱拿過來。快點，肯尼！快把它拿出來！然後我的……」

突然的敲擊聲如海浪拍打岩岸，一再前來又退回，前來，又退回。

她的雙臂像一個結，纏繞在他的脖子上，難以解開——更像劊子手的絞索。

他試圖重新站起。「那只是醫生而已。但他幹嘛敲這麼大力——？」

「不要！」她尖喊著。「不要去！不要去開門！」

「必須讓他進來，是我打給他的。」

「不！」她在一陣嘶心裂肺的恐懼中發出呻吟。「不要去！」她不願鬆手，以爆發性的力氣將他壓在身旁，並鎖住他的頭部。「就這樣留在這裡。讓我這樣緊緊抱住你。哦，**持續**住，我想要**持續**住……」

他用盡全身的力氣，才將她的手撬開，掙脫出擁抱，使她倒在地板上，一手仍然徒勞而絕望地伸向他——他起身離開了。

她無法叫喊，無法說話，甚至再也看不清。她只能聆聽著，喪鐘敲響著宏亮的終結之音。

門打開了。「現在要以謀殺約瑟夫・貝利的罪嫌逮捕你。事發在十三年前，密蘇里州的聖路易斯。」後又補充道：「妳的妻子。」

她跟跟蹌蹌地跟在後頭，視線模糊，雙臂摸索著路。她前行時撞到一人的灰色西裝上——但肯尼的是藍色的——並感到那人抱住、支撐著自己，活如一個沒有骨頭的真人娃娃。

接著一道聲音自喉嚨深處響起，如墳墓般，帶著世上的第一個男人愛上第一個女人，以及第一個女人愛上第一個男人以來，存在於世界中的所有痛苦、失落與心碎。

「弗朗西絲，弗朗西絲，妳對我做了什麼？」

這道聲音向她呼喚著、呼喚著，像在祈求什麼，縈繞心頭、難以忘卻。漸漸地，遠離了房間，遠離了她的生命、她的愛，永別。

「弗朗西絲——弗朗西絲——妳對我做了什麼——？」

最終消逝在無法挽回的遠方。

某人依然扶著她，某個不知的人，某個穿著灰色西裝的人。

「我都已經做出這麼多了，至少還有救到康斯汀吧？」

「康斯汀一小時半前就被處決了。他在坐上電椅前的十五分鐘，澈底認罪了。」

她的身體在那灰色西裝前滑落，而他則衝上前想要接住。她的思緒受到前所未有的衝擊，化作燃火的碎片，逐漸冷卻後逐一熄滅。

「我將如墳墓般緘默，我的摯愛。如墳墓般緘默，直到永遠。如今，只徒留我一人了。」

這一夜就如過去的所有夜晚，無月，亦無星辰。

——原於一九四五年十一月刊登在《懸疑作品雜誌》（Mystery Book Magazine）的第二卷第一期。
本篇故事除了二〇一八年的《黑色文學：推理故事集．卷一》（Literary Noir: A Series of Suspense Volume 1）之外，在《懸疑作品雜誌》和一九四六年的選集《舞躍的偵探》（The Dancing Detecitive）絕版後，就不曾再被收錄過。

Crazy
House

瘋狂
之屋

05 瘋狂之屋 Crazy House

計程車在霧中慢行，每隔三十秒就發出低沉又短促的喇叭聲。後座的年輕人長得高、晒得一身古銅色，他好奇地向外張望，彷彿從未見過霧一般——確實真沒看過。他下午才剛下船登陸，若非碰巧有黛安娜·米勒的號碼——是他們在遠東的一位共同好友給的——可能在這城裡連一個人都不認識，整晚都會困在飯店房間裡無所事事。

他並未對她聲音中所帶的警惕，而感到格外驚訝。她並不認識亞當，且做為既富有又美麗的女子，也不得不提防他人的的煩擾。但當他開始自我介紹，並娓娓道來緣由之後，她立刻變得興致勃勃。「當然可以，歡迎你來！不好意思，再問一次你的名字是——？」

「英厄姆，」他重複道，「比爾·英厄姆。」

她給了地址，而他現在就正在前往的途中，也不管路上有無濃霧。

「還有多遠？」他問司機。

「我現在只能依靠記憶開車了，先生。」司機回答道。「在整座城起霧前，它就在前面的某個地方。」最後，再經過一兩個街區後，司機轉到路邊停車。「我只能開到這裡了，先生。二十三號就在斜坡的最上方，但我沒有輪胎鍊，沒辦法開上去這泥地。」

「你還真是幫了大忙！」英厄姆輕蔑地說，一邊下車。

「先生，這是計程車而已。」計程車接著轉向，消失在迷濛的一片灰幕之後。

英厄姆摸索著爬上斜坡。這裡的霧似乎比下面的城鎮還要更濃，幾乎看不到自己面前的雙手，周圍的街上毫無半點人影。白色的帷幕已全然將整座城市籠罩住，牢牢困於其中。他想，當時應該延後見面的，但若能成功抵達，這一切便都無妨。

這一路的房屋都是雄偉的豪宅，被私有土地圍繞著，並且與外面的道路隔有相當大的距離。而這使情況變更糟，尤其是今晚這樣的天氣。不久後，他終於在一扇模糊不清的大門前停下，按了門鈴，以確認自己是否走對路。等了一會兒，一道微光從房子內出現，沿著小道而來。英厄姆眼前浮現出一張中國男僕的臉龐，正透過大門的鐵柵欄仔細注視著他。

「先生，有何事？」

「我在找二十三號房。」英厄姆回答。

「這裡十九號，往上走四個房子。」然後，當英厄姆向前邁出一步時，他補充道：「最好別浪費時間，別去。那裡沒人。」

英厄姆再度靠向前。「什麼意思？」

「房子關起來，裡面沒人。大家很久之前離開。」

「夥計，你一定是搞錯了。我幾分鐘前，才剛和那屋裡的人打過電話，她叫我過來這裡。你看，這是丘頂路沒錯吧？住在二十三號房的年輕女士，叫做米勒，對吧？」

男僕奮力地點了頭。「這丘頂路。名米勒的女士住那房子。但冬天不在，現在沒人。窗戶都關起來，門都關起來。」

「你亂說，」英厄姆嘟噥著說，「我不久前才和她說過電話。」

中國男僕聳聳肩。「好拔，你去看，就知道。」他又沿著小道離去。

英厄姆繼續踏上前往目的地的路程。那傢伙肯定有在吸鴉片，反正不久後就可以知道他是對或錯。

一座低矮的磚砌牆突然在身旁拔地而起，頂部還帶有尖刺的鐵樁。他試圖透過縫隙往裡頭看去，但除了一片白霧和陰影，什麼也都看不清。

他來到建成拱形的門口，上頭懸掛著一盞沒有發亮的燈。找到按鈕後，他按了下去，燈隨之亮起，在迷霧中微微閃光，彷彿一輪邪魅的月，朝著他虎視眈眈。過了片刻，裡面的碎石路傳來一陣低沉的腳步聲，一個男人說道：「英厄姆先生嗎？您好。」從那戴著白皮手套的手來看，顯然是一位管家。他摸索著門鎖，咔嗒響亮一聲地打開，將門向內拉，而英厄姆則跟著進來，門在他身後關上，發出沉悶的鐵鏗聲。

「先生，這裡請。」管家在霧氣的籠罩之下護送著他，說道：「米勒小姐正在等您，她還在擔心，您會找不到來這裡的路。」

那麼，看來是那個中國佬搞錯了，一定是如此。他沿著鋪滿碎石的小徑前行，聞到不遠處飄逸著松樹的香氣，但卻無法在迷霧中看見它們。前方出現一抹朦朧的暖光，像極了日出的模樣，但走近一看卻發現是房子的正門，熱情地敞開著，等待賓客的到來。

「先生，小心台階。」英厄姆跨過門檻，管家在兩人身後關上了大門。屋內的空氣變得清晰許多，牆上點綴有華貴的牆裙，一路沿著長廊排列著，但卻看來有些憂愁、壓抑。

「先生，請容我替您服務。」英厄姆甩掉帽子和大衣上的霧氣，並交給了管家。「先生，這裡請。」

他一點也不為這地方的氣派裝潢，而感到格外驚奇。他的朋友早就說過，米勒女士的父親不僅非常富有，也相當古怪。與其說是住宅，此地更像是一座博物館；偌大的階梯口一旁還站有一副盔甲像，根本就與博物館毫無區別。只要她本身不古怪就好，這晚至少能夠平和度過。

管家打開走廊後方的兩扇雙門，搖曳的火光流竄至眼前，閃爍著。「威廉·英厄姆先生來了。」管家告知了一聲，點頭致意，便關上門退出。

一時間，英厄姆沒有看見房中有任何人。接著，一個女孩從壁爐前的熊皮地毯上站起身，原本坐在其上、被傢俱遮蔽住的身影出現。

「很高興你來了。」她歡迎英厄姆。「原本想派車去接你，但司機目前不在。」她的聲音沙啞，可能是出於天氣潮溼的緣故。「這裡，請坐。」她邀請英厄姆入座在沙發上，自己則坐在正對面。他們之間沉默了一會兒，正如兩位陌生人初識一般。

「跟我說說傑克，他怎麼樣了？他真好心，讓你來找我。」

她背對著壁爐，火光在背後閃爍著，使英厄姆難以看清她的模樣。她看見英厄姆正在仔細端詳著自己。「你對傑克讓你期待的事，感到失望了嗎？」她開玩笑說道。

「沒有，只是……他之前都隨身攜帶著一張妳的照片，但妳看起來完全不像照片裡的樣子——至少我會看不出來。」

她勉強地微微一笑。「或許是老照片了，很久之前拍的。」

並非如此——她在傑克出航不久後，就寄過去了——但英厄姆沒有反駁。她將手帕輕觸嘴巴。「所有人都說我變了。你知道的，我父親失蹤的那件事，是很大的衝擊。可能就是因為如此吧。」

他並未聽聞過此事。「我很遺憾。」他誠摯地說道。她似乎不願意停留在這話題上，而這完全可以理解。

「我居然忘記禮儀了。在那大霧中出門後，一定很冷吧。」她響鈴，傳喚管家進房。

「蘇格蘭威士忌和水。」英厄姆說。在管家轉身離去後，他提及道：「順帶一提，在路上有人告訴我，妳已經離開了，房子也都封起來了。」

「簡直胡說！」她沉思一會兒後，接著說道：「這倒是真的。那事發生之後，我原本打算馬上離開的，但後來又改變主意了。或許這印象就是這樣傳出去的。」

但若門窗真如那中國佬所說，都被木板封起來了，他實在不知道為何這只被稱為「印象」而已。他並未繼續說下去，反而開始談及其他事情，言語緩慢，就像在精挑字詞來使用一樣。「傑克時常談論到，他還在這裡的時候，你們兩人一起共度的美好時光。」

「我們的確有過一段很快樂的時光。」她點頭同意，閃爍其詞。

「妳以前常常稱他為紅伙子，那麼他都稱妳為什麼？」

她立刻打斷話題問道：「他的頭髮還是像之前那樣紅嗎？」

「一直都沒變，一樣紅。」

管家帶了飲品進來後便離去。詭異的寂靜降臨在兩人之間。英厄姆凝視著火光，若有所思，嘴角彎彎微笑。

「英厄姆先生，你還沒喝呢。」

他猛地回過神來，伸手取了杯子，卻笨拙地打翻一地。

「看來得幫你換另一杯了。」她的語氣聽來不怎麼愉悅，有些古怪，甚至還看到她緊皺了眉頭。再度響鈴，管家進房。「哈奇，再替英厄姆先生倒一杯。」

英厄姆似乎看見，他們彼此交換了眼神。

他等到管家又再度離開後，才開始漫無目的地摸索口袋，並刻意以漫不經心的態度站起身。「不好意思，我去拿一下放在大衣口袋裡的雪茄。」

「這裡有，你抽這個嗎？」她急切地將菸盒伸向他。

他早已抵達門邊。「那些本土的雪茄會寵壞人的。我很快就回來。」他緩緩關上門以減緩製造出的聲響。走廊空蕩蕩的，對面有一扇小房間的門，上部嵌有橢圓型的玻璃窗。他靜悄悄地穿過走廊抵達那裡，斜著角度窺視房內，並讓臉遠離視線可能所及的範圍。

管家正在房間裡背對著他，攪拌著酒水。英厄姆看見，他將手伸向口袋，拿出一小包紙袋，並倒入杯中。

英厄姆轉身離去，會意般地點了點頭，以安靜的步伐走開。他並沒有特地停下，從大衣中取出雪茄——反正裡面根本連一根都沒有。他繼續朝前門走去，開始輕輕地解開門鎖。英厄姆沒有帶走自己的帽子和大衣，因為他打算重返此地——帶著有權調查此事的人一同回來。

她想必是在他不知情的狀況下，打開了後方的另一扇門查看，試圖想窺探他正在做什麼。正當英厄姆打開外門時，聽見她在走廊上用刺耳的尖聲呼喊：「哈奇，攔住他，快點！他發現了！」

他轉過頭來，正好看見管家衝出房間，從大衣下襬中掏出一把槍。「停下來，否則我就射穿你！」管家大吼道。

英厄姆猛地推開門，迅速按下身旁的電源按鈕，關掉走廊的燈光，使黑暗壟罩於此以做為保護。他身後傳來一聲巨響，不知什麼呼嘯飛過了肩膀，他接著一頭栽進如羽絨般的迷霧中，開始朝著大門奔去。

他聽見腳步聲從身後的木地板傳來，敞開的門口中傳來第二次槍響。手臂感到一陣疼痛，彷彿一根針刺了進來，他痛得往一側傾斜搖晃，但又迅速平緩了劇痛，手緊緊按住傷口，繼續逃命。

他聽見那尖銳的女聲再度傳來，警告著她的幫兇。「哈奇，不要在戶外這樣！會被聽見的！」

英厄姆明智地遠離碎石小徑——他們以為他會走這條路跑向大門——並抄捷徑離去，跌跌撞撞地穿過一叢冷杉矮樹。片刻後，他聽見追趕的腳步聲從身後越過。在對手有機會更正路線，回來追尋自己之前，他就已經穿過了圍牆——這對他來說並不容易，尤其是自己的一隻手受了傷。然而，他用另一隻手提起身體，跨越那道狠毒的鐵樁而未受刺傷，並成功逃到了安全的地方。

大門的燈在遠處閃爍了一下，又隨即暗下，卻無人通過。

英厄姆向另一個方向狂奔去，時不時往周圍籠罩著白霧的荒郊中嘶喊：「警察！嘿，這裡，警察！」

他一路跑下山丘，才找到救援。警棍敲打地面而產生的空洞回聲，指引著他從霧中找到正確的位置。

「發生什麼事？」警察問道。

「快跟我回去！」英厄姆氣喘吁吁地說。「我剛剛在丘頂上的一間房子，被人開槍射中。他們一開始想對我下藥，接著……」他給警察看了自己的手臂。

「那裡有個女的，我不知道她在玩什麼把戲，她試圖假冒我以為自己正要拜訪的人——黛安娜．米勒。我之前曾看過米勒小姐的照片，那和她長得一點也不像，她也以為我們的共同好友留有一頭紅髮，殊不知他的髮色其實跟印第安人一樣黑！」

「等一下。」警察中斷了他。「二十三號房，米勒家的屋子，是你在說的那棟嗎？那裡早在數週前就封起來了！我會知道，是因為這裡是我的轄區。」

「我剛才就在裡面！」英厄姆生氣地回應。「我的帽子和大衣還在裡面。那我這手臂又要怎麼解釋？難道是我自己幻想出來的嗎？」

警察猶豫不決地伸向他的手槍皮套。「他們開了幾槍？」

「兩槍。」

「走吧。」警察開始前往，態度嚴厲。

他們摸索著路，肩並肩地爬回山丘頂上，並在大門前停下。

「那些上面的鐵板剛剛還沒有關上。」英厄姆不安地說。

「是嗎？」警察冷漠地咕噥說道。他按下門鈴等待。頭頂上的燈依舊暗著。

警察用警棍連續敲打了大門，毫無回應。他轉過頭，看向英厄姆。「你還覺得是這棟屋子嗎？」

「當然是這棟！」

警察沿著外牆走了幾步路。「好吧，你先。」

警察用肩膀支撐英厄姆，讓他跨過圍牆，往裡面奮力一跳。片刻後，警察也落在他身後。他們沿著碎石小徑走進房子，沉默在兩人之間悶燒著。警察拿起一旁的火炬，並掏出槍對著門開了一槍，後方露出一道木板擋住了門口。警察看著他，一臉不信服的樣子。「現在怎麼樣？」

「這只證明了這些都是假的！」英厄姆厲聲說道。「這地方十分鐘前還開著！就算他們逃走了，你還是可以在壁爐裡找到還沒燃盡的木塊！」

「好吧，我們就來仔細搜索看看。」警察拿出折疊刀，沿著木板和門框的接縫切割出洞。終於鑿出夠大的洞口後，他將手伸入，往外奮力一拉，並將刀刃從側面插入孔中，強行打開內門鎖。

「得了吧。」警察冷淡地說。

英厄姆再度回到這裝飾有牆裙的走廊。黑暗又潮濕，就像好幾週沒有住過人一樣。警察開了燈，諷刺地問道：「你說自己的帽子和大衣去哪裡了？」

「就在這裡，這個衣櫃裡。」英厄姆猛地將其打開，眼前只剩一片空虛，以及一個廢棄的高爾夫球袋。他轉過身看向警察，一臉焦慮煩惱。「哦不，我新買的大衣！」

「來吧，我們就進去問問，剛才和你聊過天的那個女子。」警察冷漠地說道，大步往走廊後方前去，並在英厄姆的猶豫之下，奮力推開那扇雙門。房裡就跟陵墓一樣漆黑，就連溫度也差不多。火炬的光足以照到電燈開關，於是他便伸手一按。

他走向一片黑的壁爐，摸了摸石塊和灰燼。「你過來！」警察咆哮道。「你說自己十分鐘前就在這裡，而且這壁爐不久前才燒著火？」

「肯定沒錯！」

「把你的手插進來看看！」警察自己先做了示範，將手平放在其上。灰燼摸起來冰冷、堅硬，而且結塊有一陣子了。他將手伸回來，說：「你自己倒是說說看啊！」

英厄姆茫然地後退了一步。「那麼手臂的傷怎麼來的？我又是怎麼受傷的？」

「我們現在就會知道了。」他的手重重地落在英厄姆的肩上，將他轉過身來。「走——到外面！」

警察將英厄姆帶往走廊，動作強硬地拉著他。門微微開著，方才路過時也是如此。他們走了幾步路後，便聽見一聲沉悶的撞擊聲，好似有什麼東西重重滑到了地面。

「等一下！」警察向後退了一步，迅速轉身，沒有輕易放開身旁的惹事者，找到了開關並打開燈。

英厄姆首先看見了那毫無生機的形體，驚得抖了一下。幾把椅子被掀翻，就像發生過爭執一樣。屍體從原本的坐姿，臉朝下往前倒地。警察將英厄姆推到角落，並警告：「敢動一下，你就完了。」他蹲下身，將身體翻過來。那是一名留著白鬍子的老人，仍然穿著旅行的服裝，好像才剛進來一樣，牆角邊還放有一排手提行李。做為外勤巡警，他一眼就明白了情勢——屋主在幾分鐘前意外地返回，死亡卻無情降臨在他身上。

「這是米勒老爺，米勒女士的父親，我一看就認出來了。」他說道，並觸摸了老爺的額頭。「還是溫的，十分鐘剛剛好。這件大衣，你怎麼說？」死者的一手如老虎鉗一般緊抓著大衣腰帶，顯然在搏鬥中將它從腰帶環中踱了出來。死者的胸口上留有一道致命的傷口，彷彿標記著一顆紅星。

英厄姆僵硬地站著，不願相信眼前恐怖的一幕。「等等，你不會覺得是我……」

「你一路上都堅持自己十分鐘前就在這裡，現在又要改變說法了，是嗎？」

「我當時的確在這裡，但是……」

警察捲起袖子，再次帶著他來到空曠的戶外，沿著霧氣瀰漫的小徑走下去，並從裡面打開了大門，將這位困惑的犯案謀劃者推出去。

「如果我才剛在裡面犯下謀殺，為什麼又要迫切地跑來找警察幫忙？」英厄姆嘗試提出異議。

警察不再聽他的解釋了，這事已經變得相當嚴重。他牽制著英厄姆走下坡，在半路上停在一盞散發模糊、珍珠光澤的街燈下，並打開連結在底座的通信盒。

「狄倫，警佐。請求支援，地點在丘頂路，快點。我抓到一名男子在二十三號房犯下謀殺。最好也叫一台救護車來，他一手也受傷了，失血很多。警佐，動作快些！他有危險性……我想大概是精神疾病，而且我目前只能用一手制伏他而已！」

英厄姆發現，已經無法再以溝通來解脫困境了。警察用左手緊抓著他，自己則需要用右手來操作通信盒，所以這段期間得將手槍放回槍套中。英厄姆伸出空著的那雙手，橫跨自己的身體將其取出。

他從沒想過自己能輕易擺脫，而對方也未能及時感到重量有所減輕，但不知何故地，他還是辦到了。在槍口的威脅下，和警察說道理是沒有用的；早在他之前，就有許多人走過這條冤枉路。他以漂亮的斬擊將手槍用力揮下去，警察便倒落到路燈底座旁，一臉疲憊又安靜地躺著。

英厄姆拿走了他的肩掛槍套並穿上，以疾奔之姿跑回剛剛才離開不久的屋子。

當然，警察們最終還是會蜂擁而上，但在這最初的幾分鐘裡，這裡會是最安全的地方。他決定再看一眼那棟屋子，即便很有可能是他所做的最後一件事。事實上，他現在就是一名武裝的瘋子，只要一被發現就會立馬被擊落。

他再次穿過大門和關不上的前門，沿著剛才走過的路前行。在繼續往深處走時，他仔細聆聽周遭的一切，這個地方還是如先前那樣死寂、毫無生機，把警察耍得團團轉。他跳過那倒臥著屍體的房間，深知那裡不會有任何線索，純粹就是為警探而設下的圈套。

他回到原本和女子坐下談話的那座房間。壁爐明明十分鐘前還燃著火焰，現在卻變得冰冷又黑暗，使他困惑不已。他蹲在壁爐前查看，面前的石頭是真的，灰燼也是真的——不可能這麼快就冷卻下來。

如此緊張的情勢下，使他的全身變得緊繃，腳踝也難以行動，需要伸出手撐住頂部的石頭才免得摔倒。其中一塊石頭鬆動，像是沒有完全嵌入一樣。他用力一推，那塊石頭往內移動了約半英寸，並在他尚未意識到之前，整個壁爐結構就開始在潤滑良好的絞鍊上無聲、緩慢地旋轉，在牆上留下一道高到肩膀的長方形開口。

他現在明白了——兩個壁爐，連在一起，可以內外旋轉。一個轉出來，另一個便轉進去；一個還有尚未燃盡的木塊，另一個則滿是冰冷的灰燼。

另一邊還有微弱的光能夠稍微看清，那是一個小隔間，比凹室大不了多少。離開口的不遠處、大部分的光未能觸及的深處，藏有個陡峭的階梯。

他聽見了異聲。嗚咽似的微弱聲響從上方傳來，彷彿有隻小貓被困在牆壁之間。但仔細聆聽，就會發現那是人聲，一位女子的聲音。他緩緩靠近那陡峭的階梯。另一個聲音傳來，這次是男人的聲音，嚴厲地威脅道：「快點，簽下妳的名字……不然就讓妳打針！」

「你到底對我父親怎麼了？」抽泣聲持續著。「你什麼時候才要讓我出去？」

「妳父親好好的，正在外面等妳。」一聲含有雙重意義的竊笑響起。「妳只要簽名，然後就可以出去找他了……」

英厄姆沒有停下來聽完全程的對話，他開始爬上那狹窄的階梯，掏出手槍，對著聲音和光源傳來的所在。由於空間不足，上方只有一扇門，幾乎與樓梯口齊平，當他的目光升到地板上時，一座小房間映入眼簾，沒有任何對外的開口，濃烈的藥味——就像藥店處方櫃台的氣味——鑽進了他的鼻中。裡面擺著一張折疊床，女子蜷縮在上，一臉戒備的樣子。男人站在她身邊，背對著英厄姆，擺出一副威脅的姿態。像醫生所攜帶的黑色包包，放置在椅子上打開著。男人正嘗試將鋼筆和裝在淺藍色文件夾中的文件硬塞給她。

女子首先看到了他。她的樣貌從這角度看來模糊，但和他朋友所展示的照片人物略微相似。仔細查看她的樣子後，英厄姆便清楚瞭解，她必定經歷了些什麼——因受到嚴密的監禁，臉頰出現凹陷，臉色也變得蒼白，甚至還有可能遭遇過其他更糟糕的事情。

「上面寫說，不須要簽下自己不願意的東西。」男人出乎意料地，在入口處因煩燥而不滿地聒噪起來。那人轉過身來便被英厄姆打中腹部，並重重倒地。他不是之前扮演那位管家的人。

英厄姆摸索了他的全身，找到一把槍，並塞到槍套裡，再將男人推到床的另一頭。女子還無法確認他是敵是友，仍然處於過度驚嚇的狀態。「妳不認識我沒關係，但我是傑克的朋友。這裡到底發生什麼事了？」

「他們故意接近我們——她和其他兩個同夥。」女子上氣不接下氣地開始解釋緣由。「父親向來都很古怪，堅持緊閉門窗、住在這幽暗的地方，還遣走所有僕人，拒絕所有朋友來訪——這就是他們能夠得逞的原因。你一定想不到他們會這麼做，但事情還是真的發生了。我們這幾週以來，一直都被監禁在自己的屋子裡！他們甚至還把屋子都封起來，假裝我們都離去了，好避免周圍鄰里的人前來問候。他們對待我們極為殘忍，把父親關在樓下，我則被關在這裡。不久前才聽見他被帶出去，但我沒有再聽見他……」

英厄姆並未說出她父親已經慘遭謀害一事。「他們想要做什麼？」

「她是我同父異母的姐姐，做盡各種壞事，幾年前才被父親剝奪繼承權，並給了她一筆現金做為協定，讓她永不再回來，而我則成了唯一繼承人。現在他們要逼我簽下對她有利的遺囑，把一切都留給她，而這也意味著……」

「我明白了。而我剛好到來，好讓他們能夠推脫罪責。才剛踏上陌生國度，也沒有不在場證明……」

他的眼前頓時浮現一團黑點，但很快又消散掉了。膝蓋一軟，他立刻抓住床緣支撐著，並感到尷尬。

「你受傷了！」她焦慮地說。「你的手臂上有血……」

「是呀，我將近半個晚上，都帶著一顆子彈在體內到處跑，現在才開始無法負荷。」

「他是個醫生……讓他幫你取出來。」

「我會的，我想自己可以支撐到出去為止。」他將男人的槍交給她。「把槍對著他。其他人去哪裡了？」

「這裡有一個連通外部的地道，通向更遠的地方。他們就是靠那條通道進出的。」

他掙扎脫下外套，並露出雙臂。「你，過來幫我取出子彈！把槍對著他——以防他做出壞事。」

醫生脫下自己的大衣，捲起袖子，並伸進一旁的黑色袋子裡。「這會非常痛，所以最好讓我給你一些鎮靜麻醉的……」他一邊說道，一邊取出一個帶有針的栓塞。

「不用了，直接來。我可不想冒著被你下毒的風險。」

挖取的過程實在痛苦得難以忍受，他不得不咬緊牙關，緊閉著雙眼。醫生設法將自己擋在英厄姆和女子之間，這樣一來，她便無法看到他手中的動作。

「取出來了。」他宣稱道，並高舉著展示給他們看。英厄姆擦去汗水。醫生拿出一罐小瓶子，將消毒水倒在傷口上，並敷上一層紗布料。

「走吧，必須先把妳救出來，然後看看是否能在警察把我當成標靶練習之前，擺平他們……」他話說到一半，打了個哈欠，並從黛安娜手中接過槍，指著門口示意庸醫。「你先請。」英厄姆試圖跟他在身後，但自身的反射動作卻出了問題，沉重地跌坐在床緣，手中的槍也不穩地晃動著。

他聽見她急促地吸了一口氣，並順著她目光的方向看去，針就放在袋子旁邊，柱塞也平放著，和之前的位置不一樣。「你還是給我注射了一針……」他試圖從緩慢下沉的姿勢中挺直起來，但脊椎卻像橡膠一樣軟弱無力，連將手槍舉起都如此費力，感覺像有兩噸重一般難以撐起。

醫生露出一抹微笑，活如一隻準備撲向獵物的貓。

「把手槍交給我，快點！」女子呼喊，並伸手前去抓取。她瞬間轉向，嘗試從他鬆弛的握力中取走槍枝，而這也正好是對方所需要的機會。醫生猛然衝進來阻擋，手槍被推得舉向天花板。片刻間，三人的手都置於槍上，形成一種三重結的模樣。英厄姆的手因無力而鬆開，肌肉彷彿變成了水一樣。

醫生從女子的手中奪走槍枝，並大力推了她一把，整個人便跌跌撞撞地向後撞在牆上。「我們現在就繼續剛才停下來的部分。」他懷恨在心地承諾道。「也許這次比起打針，我有更好的方式能夠說服你。」

他將槍抵在英厄姆的太陽穴，後者在被觸碰後，立刻向後倒在床上，但槍口也隨著他後仰的頭靠近，輕輕抵住。他現在只維持得了微弱的意識，瞳孔感覺已經收縮成針尖一般細。

英厄姆聽見對方惡狠狠地對她喊道：「把筆撿起來！把遺囑撿起來！簽在我告訴過妳的地方，不然我就把妳的腦袋轟得整個床都是！」

「別聽他的！」英厄姆試圖警告她。「那是妳自己的死刑令。只要妳還沒簽下去，他們才不會殺死妳，警察也很快就會到了……」但他卻說不出話來，笨拙又沉重的舌頭只發得出，昏昏欲睡的咕噥聲。

在接下來的寂靜中，他隱約聽見筆在紙上書寫的聲音。

「交過來！」醫生又再下了另一道指令。某個淺藍色的東西，從他躺臥的身體上遞過去，然後消失在醫生的口袋裡。

一陣沙啞的聲音突然從樓下那祕密的階梯腳傳來，那是另一名女子的聲音——黛安娜同父異母的姐姐。「哈特，你在樓上搞那麼久幹嘛？還沒辦好事情嗎？」

「我們有段小插曲，」那個被她稱作哈特的男人回道，「但一切都在掌控之中。」

那位女子出現在他身後的門口，看見英厄姆便露出冷酷的微笑。「那蠢貨又回來了，是嗎？這樣更好，現在我們就能把她和老頭子一起留在屋子裡，不用丟到荒郊野外了。但你最好快一點，不然我們很快就會被發現了。條子都在這附近搜索，步步逼近，鐵定是跟著他來的。我剛剛在地道口等你的時候，就能聽到他們的聲音。」

「我馬上就辦好。」哈特以冷血的口氣答覆。「在我把子彈送給她之後，妳得幫我搬下去，我則搬他——他也少不了一顆子彈。他知道的太多了，之後妳繼承遺產時，可能就會認出妳來。」

「把現場弄得像，在他殺了她之後，然後再自殺，如何？」

「好，反正警察把外面都包圍起來，他也沒有機會跑走了。」他舉起槍，越過英厄姆倒在床上的身體，瞄準遠處的黛安娜。「我之前答應過，讓妳和妳父親一起走——我確實會遵守承諾。」他帶著令人毛骨悚然的幽默感說道。「只是，妳應該也要問一問，妳父親先去了哪裡！」

英厄姆因為麻醉劑的藥效，感到昏沉而眯著雙眼，但還是能看見哈特的手已經開始動作，準備射出致命的一槍。

他不再能爆發出肌肉反射的動作，但還是設法將一條腿踢開，彷彿電流瞬間穿過一般。膝蓋正好撞上哈特的腹部，他發出一聲悶咳，身體如摺疊刀瞬間彎曲。槍向下射在床上，哈特則無地倒在上面，被澈底撞暈了一會兒。

接下來所發生的事，彷彿都在短短幾秒內一次上演。一陣急促的腳步聲重重地往他們的所在傳去，門口的女人轉身逃向樓梯、試圖逃跑，但又在半路上突然停下，慢慢往上退了回來。在這一刻，英厄姆終於支撐不住而昏了過去，陷入一片黑暗之中。

當英厄姆再度醒來時，發現自己還好好地躺在床上，看起來像是一間醫院的病房，而黛安娜．米勒就坐在身旁，一臉友善、關切。唯一破壞這一幕的，是坐在他的另一邊的警察，正警惕地看著他，毫無關懷之意——那正是前一晚被他搶走手槍的人。

「我終究還是得上銬嗎？」

「不會的。」她向他保證。「之後的一整晚，我都在和警方做筆錄，把一切都解釋清楚了。」

「妳那同父異母的惡魔姐姐被抓到了嗎？」

「我很榮幸能夠親眼目睹整個過程。警察在盤問前，她就完全招供了。哈特是首腦，也是你逃離屋子後，射殺我父親的兇手。她為了保全自己，就出賣了他。」

「既然如此，第三個傢伙呢？那個哈奇——不管他叫什麼。」

「他也被抓了。就像個蠢蛋一樣，從地道回來查看另外兩個同夥，殊不知一走出來，就撞見幾乎整個警察局的人。」

英厄姆刻意轉過身，背對著警察，很明顯地有所不滿。「那麼，為什麼他還在這裡，妨礙我休息？」

「我懂你在說什麼，」警察站起身說，「我懂的。」

當他關上門離開後，英厄姆說道：「傑克有話讓我傳達給妳——他大概是愛上妳了，妳知道的——但請原諒我，在經過這一連串的驚險後，我把內容都忘的一乾二淨了。」

「我的英厄姆，」她溫柔地回應，「我鮮少咒罵他人，但去他的傑克！現在仔細想想，也許你自己也有話想傳達給我。」

——原於一九四一年六月刊登在《一角錢推理故事》（Dime Detective）的第三十六卷第三期。隨後收錄於一九八五年的選集《與死亡的初會》（Blind Date with Death）中，以上皆已絕版。

New York
Blues

紐約
藍調

06 紐約藍調 New York Blues

現在六點鐘；酒已經喝掉了四分之三，而夜晚正好降臨。

我的對面放有一台直立的小型收音機，像火爐上的茶壺一樣慢慢悶煮著。自我進來這裡時，就一直不斷運轉著，連續了兩天三夜；它消弭了冰冷的死寂，減輕了孤獨的苦楚。收音機附屬於房間，而非我擁有。

頻道演奏了幾聲和弦做為間斷，隨後便開始了交通報導：「各位聽眾好，紐約市通訊服務現在為您提供，下午六點整的交通資訊廣播。荷蘭隧道與林肯隧道，以及華盛頓大橋的西行方向車流量大，東行方向的車流量則較小。華盛頓大橋與白石大橋之間的連通道，雙向的車流量都很大。砲台公園隧道離開市中心方向的車流量大，往市中心方向的車流量則較小。西城公路上正在操作雷達作業，因此交通非常擁堵。由於謝亞球場即將於今晚舉辦球賽，長島高速公路車流量已漸漸開始變大。阿姆斯特丹大道與西端大道之間的西七十街，因輸水管破裂而封鎖維修。從中央車站到一百二十五街之間的IRT地鐵線發生停電，班車至少會延誤四十五分鐘。除此之外，史泰登島渡輪、紐澤西中央鐵路、拉克瓦那鐵路、賓州鐵路、各類的地鐵線與公車，以及其他大眾運輸服務，皆照常行駛。三大機場的飛機航班也準時起飛與降落。下個時段的交通資訊廣播，將會在半小時後進行……」

週末的高峰期到來，人們傾洩而出，整座大城瞬間變得空蕩，只剩下少數幾人職守崗位，以確保這偌大的機械能持續運作到週一早晨。所有人都離開了——除了我，以及那些即將前來找尋我的人之外。這一整座該死的城市，將只屬於我們。

走到窗前，將百葉窗打開一條小縫隙，一小片傍晚時分的紐約街景——默里山社區——映入眼簾。泛美航空大樓的高處燈光，隨著空中的濕氣與一氧化碳的影響，微微起伏、蕩漾（「空氣汙染指數：正常，百分之十二；緊急程度，百分之五十」）。

遠遠往下，人行道的街燈散發出綠色的微光，在透視縮放的視線下，膨脹到南瓜一般的大小，直直往這裡的窗戶照來。沿著百葉窗的縫隙，像串起閃爍的紅、白色珠子一般，光影在其間穿梭流動，全部都朝著同一方向前行，由右到左，因為三十七街一路往西連通。移動的光線總是雙雙成對，頭燈與尾燈，流淌於阻塞的車海與一陣陣蘊有惡意的喇叭聲中。在窗戶的正下方，我聽見計程車司機與乘客彼此爭論著，聲音清晰，卻也看不見當事人。

「只是到五十九街而已……」

「俺才不管——聽著，俺早就告訴過你們，不走那裡。難道是腦袋瓜子塞住不成？」

「我們別和他吵，就坐進去，他趕不了人的。」

「確實趕不了，但俺可以不開車。小姐，妳老公要是上車了，也只是坐在裡面不動罷了，俺可沒改變主意呀。」

紐約。世上最繁華的城市。如永久的電線短路，整夜的空中濺滿四射的火花。無一處如此地適合生活。或許也無一處如此地適合死亡。

我將手指從小縫隙中伸出，百葉窗再度闔上。

服務員在門外推動餐車的轉輪聲，嘎吱嘎吱地作響，告示著我打電話預訂的餐點已到來。我站在椅子後，手腕交叉在椅背上，雙手則像鬆放的爪子垂掛著，略為緊張地盯著門口。一陣服務員特有的敲門聲傳來，即便知道只是餐點送到了，我還是問了一聲「是誰？」，才前去開門。

服務員是一位年邁的男子，已經上來服務過兩次，所以我認得出他的聲音。

「客房送餐服務。」他那高亢的聲音聽來明顯上了年紀。

我解開雙重門鎖，轉動門把，並打開了門。

他將鋪有白布的餐車推進房間。正當走廊的視野在他身後逐漸變得清晰時，我意外間瞥見一道模糊的身影竄過，從眼前瞬間掠過又馬上消失，速度實在太快而難以看清。

我站在門口片刻，將門開成一條縫隙，窺探著整座走廊。如今又只剩下一片空虛而已。所有事情都像銅板一樣都有兩個面向，一面無害，一面則不祥。走廊在我的房間前轉了個直角，那些房間在轉角後的人，必須走過我門前的這道障礙，才能抵達電梯。

然而，若有人想在我為服務員開門時，確認我在哪一間房裡，他會這麼做：站在那裡一會兒，然後迅速離開我的視線。我所捕捉到的身影，並非持續動作、剛好經過我視野的人；反之，那道身影先是靜止不動，後又突然逃離的人。

若正是我想的那樣，看來他們已經知道了我住在哪一間房、哪一層樓、哪一間飯店。

「你剛才來這裡的時候，有注意到走廊上有其他人嗎？」我試圖裝作不經意地問道，結果卻弄巧成拙，意圖過於明顯。

他以問題回答了問題。「先生，走廊外有人嗎？」

「我就是在問這個，你有看到其他人嗎？」

他解釋說，根據自己多年的經驗，推著裝滿食物的餐車時千萬不能抬頭，也永遠不要把目光移開，因為地毯下可能隨時藏有什麼東西，容易發生碰撞，導致杯中的冰水濺出而弄濕桌布，或將湯潑灑到茶托中。

這聽來有理。不管有沒有人埋伏在附近，我的內心早已深知，自己將走向什麼樣的結局。

我為餐點開了支票，附上小費，並告訴他記在帳單上。在他轉身準備離去時，我忽然想起一件事要做。

「等等，有件事。」我伸出一隻手臂，扭下一個東西，然後再換另一隻手臂，進行一樣的動作。接著，我伸出手，給了他昨晚讚嘆過的那兩顆藍寶石袖扣。（我確信，他是出自真心這麼做的，並沒有任何貪婪的意圖。）

他不敢置信，說我必定是在開玩笑。他還說，自己不能拿如此貴重的東西。他說了所有預期中會說出的話，而我則一一否決、排除掉。最後，他實在啞口無言時，想出了一道問題，並帶著些微的希望（希望能得到肯定的答案）提出：「你厭倦它們了？」

「不是，」我的答案簡短，「不是——是它們厭倦我了。」

他一遍又一遍地感謝我，不斷地表達自己有多麼感激。在他離開後，我則十分高興，他終於走了。

那可憐的老男人，浪費生命在這裡為人們送餐到房間整整五十年，半世紀的歲月就這麼逝去了。至少，他能死於平靜，而非反抗的恐懼與困境之中——差這麼一點點，我就要心生羡慕了。

我微微轉過頭。收音機正在撥放著〈今夜〉，如天鵝絨般柔軟光滑、年輕而有活力、充滿欲望——那是瑪麗亞在《西城故事》中所唱的歌曲。我記得，好久以前的一場夜晚，在冬季花園劇院和一個人度過的美好時光。我傾斜鼻子，深吸一口氣，依然能聞到她久遠的香水味，如幽魂般飄逸著。但是，她現在在哪裡？她去了哪裡？而我又對她做了什麼？

我們各自的道路如此緊密地延伸，彷彿融合為一，最終也將如此。然而，恐懼出現了，並進入其中，使兩人分開。

恐懼滋生焦慮。焦慮孕育憤怒。無人接聽的電話，無人回應的門鈴。憤怒釀成災難。

至今，不再有兩條道路；只剩下一條路，我的路。一路跑下坡，進入地底、抵達末日。

×××

今夜、今夜——不會有晨星出現——沒錯，年輕人，不會出現的。無論如何，是不會為我出現的。

門上傳來一陣輕敲，聲音來自鑰匙，而非手指。在信號有機會使我僵住之前，聲音就傳了過來，沒有任何等待的時間。那是一名女子的聲音，輕聲細語，讓人安心。「夜床服務。」

我等了一會兒，讓臉上的驚恐稍微消退，再走去開門讓她進來。

她叫做金妮。那是她昨晚告訴我的——我親口問了她。之所以這麼做，是因為我想聽見人名的聲音，也因為我害怕又孤單，所以想如此。

她的容貌繼承了兩個種族的血統，造就她美麗又獨特的外表：溫暖的金黃膚色、水汪汪的深色雙眼、窄而尖挺的鼻子，以及小巧動人的下唇。

當她將床罩翻過來，整齊地摺疊於床角時，我說道：「我注意到，妳都會沿著房間的外圍走到床邊，而不會直接穿過中間走更短的路徑，為什麼要這麼做？」

她給出了合理的解釋：「我服務的這個時段，大家通常都在看電視，我不想擋住他們。」

「但我並沒有再看電視。」

我看見她嘗試將目光擺開，盡可能地遠離我，一直看向外頭的角落——這出賣了她。看來，她害怕我，謠言也必定傳到她耳裡了。飯店可謂是謠言的蜂巢。

他從未離開過房間，一直叫客房餐點服務，而且整天都將房門緊緊鎖上。

「我有個東西，」我對她說，「想給妳的女兒，妳和我提過她。」

我從錢包中取出一百元的鈔票，將鈔票摺了幾次，讓角落上的數字消失後，並塞進她的手指之間。

鈔票微微捲開，她看見上面的「一」字，臉上滿是感激之情。

再來，後面跟上一個「〇」，也就是十，這使她更加愉悅、感恩。

最後，又再多出一個「〇」，她的表情瞬間變了樣，惶恐、如石頭般僵硬。

我看見她的眼中閃過一絲懷疑，她彎過手，試圖將鈔票回給我，但我用手擋住了她。

她迅速瞥向一旁桌上的第五瓶黑麥威士忌。

「不是酒錢，是我發自內心想給妳的。要不拿走，要不就留下，別糟蹋了。」

「為什麼呢？為什麼要給我？」

「凡事都需要有理由嗎？有時候，是沒有的。」

「我會幫她買件新外套。」她的聲音變得沙啞。「粉紅色的新外套，就像所有小女孩都想要的那種。然後配上羊毛的暖手筒。下週日帶她一起上教堂時，我會為您祈禱。」

沒有用的，但是——「好好做吧。」

她只聽見了這句話。

我想到了一件事。「不用特地向她的父親解釋了，對吧？」

「反正她也沒有父親，只有我和她而已。」

不知怎地，從她離開的快速踩踏聲中，我可以看出，那並非是為了彌補延誤工作的時間，而是想隱藏她眼中逐漸湧現的淚水。

我在杯中倒入一點酒——新的一杯，不是之前的那杯；酒會因為呼出的氣息而變得不新鮮，在杯口的內緣形成一層陳舊的霧氣。喝了這麼多，現在才知道這一點幫助也沒有；我早已沉浸在酒精中足足有三日了。它就是起不了作用。我認為恐懼中和了酒精，削弱了它麻痺的功效。對於微小事物的恐懼，例如：上司、妻子、帳單或牙醫等等，酒精能夠有所發揮。然而，面對相對較巨大的恐懼，則無濟於事。就像在熊熊燃燒的汽油上澆水一樣，只會助長火勢蔓延；唯有撒下沙子（原文Sand在俚語上有「堅定的決心」之意）才能扼滅恐懼之火，若將沙子耗盡了，自己也將燃燒殆盡。

我將它拿了出來，如轉動念珠般在手中撫弄——就是三日前，對她做出那件事的同一雙手。這三日以來，我時不時拿出來凝視，然後再度藏起來。每次都會質疑，那件事是否真的發生了，希望並沒有，也害怕真的有。

那是一條女性圍巾。對此，我只知道這麼多。但那會是誰的？她的嗎？怎麼會出現在這裡？週三的清晨，我在創傷般的恍惚中走進飯店，迫切尋找堅實的牆壁將自己藏起來，而這條圍巾正懸掛在我夾克的口袋裡。（我當時甚至尚未察覺；是行李員在帶領我到房間的路上發現的。他齜牙一笑，說了某些有關「情人約會」的話。）

圍巾的材質十分薄，但逆著紡織紋路拉扯時，有很大的抗張強度——絞殺般的強度。上面的色彩相互融合、漸變，只有一種顏色格外突兀。從柔和的粉色變成桃色，接著成為更淡的膚色——而突然間，出現一片參差不齊、憤怒般的血色，不同於其他顏色，毫不光滑，也不像織布機或染缸加工過的。像顆星，像零落的花瓣，彷彿在訴說著——我不知道該如何解釋——訴說暴力、掙扎與喪失的性命。

那片血不再如此鮮紅，現已成鐵鏽似的褐色，但依然是血，這是改變不了的事實。十年後、二十年後，還會是血；儘管褪色、消逝，化為塵埃，也永遠都會是血。那片血曾一度溫熱、流淌著，且隨著憤怒而使臉脹紅，隨著恐懼而使臉蒼白。正如那晚——

我依然能見到她那雙眼，寬闊、蒼白，透著恐懼的神色，宛如一場突如其來、毫無預謀的相遇，從受到遺忘的黑暗中緩緩浮現在我面前。

那雙眼就像兩灘充斥著恐懼的水池。她看見了我無法看見的東西，而驚恐在她的眼中燃起。我害怕、懷疑，也無法忍受在她眼中，看見自己恐懼的倒影。我渴望從她那裡得到安心與慰藉，只想將她拉近到身邊、抱緊她、把頭靠在她身上歇息，再度擁抱對自己的信心。然而，她以自己的恐懼回應了我的恐懼，本應溫柔的雙眸卻閃爍著無聲的畏懼。

那不是一場蓄意的毆打。我們一同度過了這麼多時光，一起做了這麼多的愛，所以絕非如此。只是，恐懼突然間襲來，而我們在一時之間成了最危險的陌生人。

她轉過身，想要逃開，我則從她身後拽住圍巾。我哀求著，試圖抓住唯一能拯救自己的人。越是將她拉得越近，她就越無力。直到最後，我將她帶回到我的身邊——希望她永遠駐留的地方——而她早已氣絕。

這並非我所想要的。我的愛就此逝去，徒留一人承受孤獨。

現在，就剩我一人了，寂寞，喪失了所有的愛。

一旁的收音機彷彿正在側量我的脈博與心跳，將所思所想回送給我：因爲，就像愛撫一隻空手套。夜晚是否無情無愛？夜晚爲此而生——

飯店的煙灰缸是塊厚重的玻璃方塊，設計來承受幾乎任何程度的熱，以免在高溫下破裂。我將圍巾放入，以打火機點燃，橘橙色的火焰像鋸齒狀的刀，往上緩緩升起。愛就如此消滅了。過了一會兒，火漸漸變小，圍巾變得像一顆焦黑的甘藍，每片葉子的邊緣燃著紅色的細線，輕輕搖晃、如蟲般來回蠕動，最後逐一熄滅。

我將它倒進廁所的馬桶裡，然後拉下水箱的把手。我的愛最終淪落至此，真是可笑。內心彷彿被掏空，感到疼痛、空虛。

我回去再倒了一點酒。酒精就像預防車禍的安全帶、緩解恐懼的解藥、對抗畏怯的處方。只是不管用罷了。我沮喪地坐著，手腕垂在雙腿間，並深感困惑、想不通。腦海宛如被擋風玻璃上的霧氣所遮蔽，模糊而看不清。我以手背當作雨刷，慢慢在額頭來回擦拭，終於清晰了片刻。

「記得，」收音機嘮叨著，「有一般的頭痛，就吃阿斯匹靈；有焦慮症狀，就吃……」

我所能對自己說的話只有：像你這樣的困境，是不會有解方的。

驟然間，電話響起，尖銳而駭人，猶如玻璃在一片寂靜中被砸碎。我從未意識到聲音可以如此恐怖、從未意識到聲音可以如此危急，就像神經系統出現短路、就像心中的軟木塞被彈開、就像手臂注射一針麻藥，將意志力澈底摧毀。

腦中的思緒充斥著一個想法：來了，我的終局，終於來了。這並不是飯店服務的電話，在這時段不可能會有，且服務員早已來過。這也不可能是外部打來的電話，因為外面不會有人知道我在這飯店裡。就算是我工作地方的人，也不會知道這件事。所以，必定是了。

他們會如何開頭？先禮貌性地喚我前去──「先生，您可否下樓一趟？」而若我照做，一出電梯就會有人將我的手臂扭到背後，而這陣不易察覺的紛擾會被行李員巧妙地遮掩起來，然後迅速被帶離。

為何不直接來到房門前帶走我？是否因為這間高檔飯店專收富裕階層的賓客，又坐落在社經地位較高的社區中，才想低調行事？他們或許不想要我在走廊上喧嘩吵鬧，干擾到其他住客。他們或許都一向如此行事。
同時間，電話持續地響，不斷地響。
我翻倒的酒在地上形成一條「之」字形的路徑，慢慢滲透進地毯，使其染上更暗沉的深色。空的玻璃杯掉落，不再滾動，靜靜躺著。而我則陷入僵硬的姿態，像極了受到驚嚇的孩童。我幾乎平倒在地上，雙腿在身後呈剪刀形伸展，兩隻手抓住放著電話的矮桌邊緣，電話剛好落在鼻樑前，並睜大著雙眼盯著它。
電話持續地響，不斷地響。
忽然間，腦海中又出現另一個想法——或許只是打錯電話了，是要打給其他人的。可能是要打給某個在另一間房的人，又或是在我下榻之前的上一位房客。飯店總機向來都非常忙碌，如此疏忽時常發生，不足為奇。
自從考完文法學校的三角學期末試卷後，我大概就再也沒有祈禱過了（那次甚至還考不及格；這或許就是我不再祈禱的原因），而且那更像是在碰碰運氣，而非真誠的禱告。現在，我又再度開始祈禱了。我敢肯定，自電話問世以來，從沒有人祈禱過，希望對方打錯了號碼；或甚至可以說，自祈禱這項儀式發明以來，從沒有人這麼做過。

拜託，請出錯吧！不要是打給我的電話，請出錯吧！

突然間，電話架與話筒之間出現了空隙，是我——我接起來了。就像拔掉自己的一顆牙齒般，輕而易舉。

祈禱失效。這通電話是打給我的，不是打錯號碼。自始至終，都是打給我的。電話一開頭，我便從中感覺到，這並非是如想像般恐怖的傳喚；反而，語氣十分親切、友好，和其他人所接到的電話，都沒有區別。

那道聲音，簡直是來自另外一個世界。然而，我對此非常熟悉，總是聽起來沒有一絲憂愁，總是愉悅、總是喧雜。需要輕聲細語時，都會大聲嚷嚷；需要大聲說話時，則會用更響亮的聲音說話。他從不在電話中表明身分，也根本不需要。只要聽過他說話一次，就會一直記得他。

是強尼——我跑趴的朋友。總是在酒吧裡無節制地狂歡，到處尋歡風流。每個男人的生命中，總會有這麼一個強尼。

他說，自週三起就一直打電話到我的公寓，但都無人接聽，不知道發生了什麼事。

我見機行事，臨時找了藉口：「公寓的天花板漏水了，我必須離開一陣子，等到修好為止……沒有，我才沒有一夜致富……沒有，身邊沒有人，只有我一個人……有嗎？我有聽起來很奇怪嗎？沒有，我很好，沒有事發生。」

我用空著的手擦去額頭上的冷汗。深陷如此困境已經夠艱難了，但是真的處於困境又不能說出來，才是更加地困難。

「你怎麼知道我在這裡？你怎麼追蹤到這個地方的？你該不會從昨天下午三點，就開始跑去翻黃頁（即分類商業電話號碼簿，通常以黃色紙張印刷，故稱此名），一間間飯店照著字母順序找吧？……你想說什麼？」

他找到新工作了，週一就開工。舊班底在為他舉辦歡送會，就在四十四街的薩迪餐廳。他們晚一點還會到其他地方續攤，但會先在薩迪餐廳等我趕上。巴布一直問，為什麼他的好夥伴沒來？

派對的喧鬧聲滲透進我的耳中，冰塊像桌遊擲出的骰子一樣發出清脆的喀搭聲，攪拌棒敲擊玻璃杯時發出哨笛一般的高音。女人的笑聲、男人的笑聲，都交雜在一片繁華紛亂中。生命是給活著的人享受的，將死之人又何以享受？

「當然，我會去，當然。」

若我說自己不會去——我不會這樣的，因為根本辦不到——他一整晚便會不斷打來、糾纏著我，所以我只好答應，好擺脫他。但我又怎麼能去那裡？難要把自己的問題帶到他的派對中，在他朋友和女人的面前出事嗎？如果我真的去了，就會在那裡發生。誰會想要自己修築看台，來讓人見證他的垮？誰會想要自己架設觀眾席，來讓人目睹他受到蒙羞？

強尼掛了電話，而夜晚繼續運轉著。

此刻，時間已從傍晚悄悄流竄到午夜時分。外頭的潮浪平歇下來，片刻的寧靜降臨——猶如暴風眼中的平靜，但逆流的潮水開始漸漸湧入。

三幕劇的最後一幕正在上演，戲後的餐館滿是早到的觀眾；丹尼餐廳和琳迪餐廳絡繹不絕——沒錯，霍恩&哈達特餐廳也是人來客往。每個人都有過自己想要前往的地方——而那必定在遠方；現在，每個人都有自己想回去的歸屬——而那必定是在某處的家。又或正如收音機此時所播送的：**紐約呀，紐約，眞是座偌大的城。布朗克斯在上城。砲台公園在下城。人們在地面上的洞，到處穿梭走動⋯⋯**

這時，潮水湧入；小時頓時切換成個位數，感覺就像進入不同的時區後，再重新戴上手錶一樣。公車停運，地鐵快車改成區間車，而每一站之間變得相當遙遠。強尼．卡森同時出現在數百萬個螢幕上。湧入的潮水達到頂峰，沖向岸邊。突然間，一整排的計程車就像是在傳輸帶上一樣，一輛接著一輛抵達飯店門口，載客下車後便離去。

外頭的擾攘平息下來，寧靜再次壟罩著此地。這是一座不夜城，但自此刻起，到垃圾車駛來將黎明撕碎為止的時段，整座城市都會是一片寂靜。

夜深人靜，如咖啡杯底的渣滓，沉澱著深邃的夜色。藍色時刻；這時男人的神經會更加緊繃，女人的恐懼會更加強烈。此刻屬於男女歡愛，或互相廝殺的時候，有時甚至兩者兼有。《深夜秀》的標誌燈一盞一盞地亮起，周圍的其他燈光則暗淡、熄滅下來，變得漆黑一片。

從現在起，寂靜只會偶爾被孤苦無依的醉漢所發出的淒涼嗚咽，或是車子突然轉向而發出如貓叫般的尖聲所打破。又或如比利・丹尼爾斯在《金色少年》中所唱得那樣：**當城市陷入睡眠，而街道空無一人時，生活在此處綻放著**⋯⋯

在一片靜謐中，一輛計程車駛來，一名女子獨自搭乘，沒人陪伴在側。聽見她說的話，就知道那是一輛計程車、知道那是一位女子、知道她無人陪伴。

「班尼，」她說，「你能過來幫我付車資嗎？」

班尼是夜班的服務員。會知道他的名字，是因為他昨晚帶了酒過來。

計程車司機收了錢、開走後，班尼冷漠地提醒了她：「妳上週沒有給我分成。」話題無關個人私事，只是工作上的問題。

「我上上週得了病毒感染，」她解釋道，「花了一整週的薪水才付清醫療費。今晚就會給你。」她接著擔憂地說道：「我怕他會傷害我。」當然，並不是指她的醫生。

「不會啦，他不會傷害妳。」班尼向她保證。

「你怎麼會知道？」她問道，而這問題並非不合理。

班尼就自己從事這行（贊助援交女郎）的豐富經驗總結道：「大個子從不傷害人，他們就跟老鼠一樣溫馴。那些小個子才有問題。」

她一話不說，便走進飯店。大概是想通了，覺得工作就是工作，不管怎樣，還是得做的。

當然，這就是飯店業行話裡所稱的「私人傳喚」，而夜間的行李員和櫃檯人員都會用「供餐」這種更粗俗的話稱呼。至於計程車費，則會以「雜費」或「雜項」的名義，記在客人的帳上。從二樓的窗戶觀看，我就可以完全弄清楚情況，幾乎不需要任何的配音。

曼哈頓的高收入飯店，在夜生活的娛樂就這麼多了。但對男人來說，這已足夠讓生活更值得享受。

漂浮在酒杯中的冰片從中間開始融化，而非邊緣，看起來就像洋蔥圈。在遠處，一台救護車帶著爆破般的鳴笛呼嘯而過，如豬隻活生生被肢解而發出的痛苦慘叫，毛骨悚然。有人死於今晚嗎？有人生病而就快死了嗎？也或許是有人即將就要誕生——但她是不是等太久才去醫院了？

突然間，我聽見了這晚的最後一道聲響，他們來了。別問我是如何知道的，我就是知道。終局總歸是來了。無處可躲，也別無退路。

保持悄無聲息，是他們最拿手的要領。比起餐車推過地毯走道、比起金妮收到一百元鈔票後所出的抽噎聲、比起計程車旁爆發的爭執，或甚至比起那位收費來陪伴解悶的女子，都還要小聲、難以察覺。

我是如何知道他們在這裡的？——聲響的缺席多於聲響的在場。或者更精確地來說，應該是缺少互補性的聲響——即應該隨著另一種聲響一同發出的聲響，沒有按照常理出現。

好比說像是：明明沒有車子駛進的聲響，卻突然出現了兩輛車停在飯店門口。他們一定是刻意無聲無息地滑駛進來，就像帆船掠過平靜的海面一樣。沒有輪胎滾動的聲音，也沒有剎車的聲音，但有一個聲音無法完全消除——關上車門的聲音；這種聲音很容易辨別，具有緩衝性的特質，沒有其他門的聲響與它類似。兩面車門連續關上後，他們迅速進入飯店內部。

除此之外，只剩下另一道較不明顯的我深呼吸聲響，也就是他們後續隨即發出的聲響：他們在進來時，有一隻腳的鞋底在粗糙的人行道上，發出了摩擦的聲響。不是腳步不平衡，就是跟在後頭時轉得太急。考慮到同時間可能有三到四人一起行動，而只有其中一人發出聲響，這已經是相當厲害了。

我自剛開始就站起身，活如直立的冰塊，被雕刻成男人的輪廓——冰冷、濕滑，凝結般地僵硬站著，神情呆滯。我關掉了所有的燈，它們全在一個開關上運作，就設置在門一旁。雖然他們可能已經從窗外看見燈光了，但又有什麼差別呢？無論開燈或關燈，我始終都在這房間裡。出於和恐懼一樣古老的本能，人會為了躲藏而步入黑暗，危險離去時就會走入光明。所有動物都如此。

他們現在進來飯店了，短短幾鐘內，就會做好準備，開始行動。短短幾分鐘——這是我所剩無幾的東西了。曾有一段十分充裕的時間能夠應對，現在卻所剩無幾。是誰害我落得如此下場的？我真想大聲抗議，但卻也知道沒有人陷害我；自始至終，都是我自己。

「它，」那台無情的收音機嘲弄著，「能使靠近不再如此令人擔憂……」

他們怎麼過了這麼久都還沒來？——進來才見機行事嗎？他們早該在出發前，就擬定好了計畫。

我又坐了下來，因為膝蓋實在無力再撐下去，雙腿都站得搖晃不穩。現在除了站立或坐下，我不再走、不再跑，不再做其他事；不是站著等待，就是坐著等待。我此時迫切地想要來抽一根雪茄，這樣的時間點也許古怪，但我真的非常需要。我將頭低入張開的雙腿間，小心翼翼地點燃打火機，以確保火光不會從百葉窗的縫隙中流竄出。正如我說過的，這毫無意義，因為他們早就知道我在這裡，但我並不想做出任何，會使他們加快腳步的事；連兩分鐘都比一分鐘要來得珍貴無比，一分鐘則比什麼都沒有要來得好太多了。

而赫然間，我抬起頭警戒著周遭。雪茄掉在地上，還未點燃。起初，收音機的音量似乎變得更大、更響亮，就像被嚇到了一樣。聲音越來越大，聽起來像是車內的收音機在戶外大聲撥放的感覺。我轉向窗戶，確認了真是如此，的確是從外頭傳來的。

在起身去察看前，熟悉感阻止了我——我聽過，就像這樣，就像現在這樣。收音機的聲音在共鳴效應之下，如打擊鼓般轟鳴整片夜色，在街道上從一邊回彈到另一邊，嘈雜聲響遍周遭各處，宛如正在舉辦一場音樂的手球比賽。

接著，喧鬧聲嘎然而止、餘音漸消，彷彿即將爆裂的氣球一樣，寂靜迅速膨脹，重新占領此地。我瞇起眼睛向外看去，車子還停在那裡，而其中一台白色的小型車旁就站著強尼。

他是來接我去派對的。

車停在飯店對面。強尼正準備穿過馬路，往飯店方向走去。某個站在出口的人，朝著他吹一聲口哨，吸引了他的注意。我在窗旁仔細聆聽，而強尼則停下腳步，轉頭張望，卻不見人影。

他僵在聽見口哨吹響時的位置不動，肩膀帶著頭部探詢地轉向察看，臀部和雙腿則依舊朝著前方。隨後，一名男子現身——某個不知其身分的男子，從街上走到他身邊。

我說過，強尼說話很大聲，不管是電話裡、酒吧裡，又或是深夜的街道上。他所說的每一個字，我都能清楚聽見；但那男子的話，我卻連一個字都聽不見。

一開始，「是誰？有什麼事嗎？」

緊接著，「你肯定認錯人了。」

接下來，「二〇七房。對，沒錯，二〇七號。」

那是我的房間號碼。

「你怎麼知道我要來這裡？」

最終，「你竊聽我之前打給他的電話！」

然後，那位無名男子走回陰暗中，留下強尼一人在街道中央，並理所當然地認為，強尼聽從他的話。

然而，強尼呆愣在原地，獨自一人且猶豫不決，全身上下都靜止不動。我從百葉窗的縫隙中看著他，而男子則在看不見的出口凝視著他。

此時，危機出現了。並非是出現在我的生命中，因為那早就結束了；而是出現在我的幻想中。

他是否會前來維護自己朋友的清白，又或是會讓他的朋友獨自面對困境？

他無法做出選擇。他絕不可能越過他們來到這裡，但仍然值得放手一搏。前方的街道上還有一半的寬度，足夠讓他在被追上、毆打並拖回來之前，設法突破重重包圍。

然而，事情並未如此發生，我心知肚明，不斷悲傷地告訴自己：這種情節，只存在於兄弟會的誓言和共濟會的入會儀式，或牛仔電影和雜誌故事中，並不存在於真實生活裡。正如十七世紀的人文主義者所相信的，每個人都是一座孤島，當他開始沉沒於深海之中時，周圍忙碌的腳步不會為了他而停駐，反而會繼續往前走，不浪費任何一丁點寶貴的時間。世界快速發展，早就過了以往還流行著童子軍精神的時代。現在，每個人都注定孤獨，孤獨出生、孤獨生活、孤獨死去，徹徹底底的孤獨——沒有上帝的慰藉、毫無希望，也未能留下任何一絲痕跡，證明自己曾經活過，而就此遭到世界遺忘。

喉嚨乾澀、緊繃，無法嚥下口水。我觀看，並等待強尼做出抉擇。

半晌間，他沒有移動半步，也尚未決定；而這半晌，感覺就有一個鐘頭之久。我猜想，他大概是聽到那男子說的話後，才會這般半信半疑，拿不定主意。時間一分一秒地流逝，我也不斷自問：如果是我的話，自己會怎麼做？如果換做是我在那裡，他則在這裡的話，自己會怎麼做？我努力不去正視答案，儘管它始終都在盯著我看。

人不該期望朋友，比自己都還來得忠誠、講義氣，甚至到願意賭上性命的地步。應該接受他們原本的模樣——也就是一般人的模樣，並感激有他們在身邊陪伴。一起縱酒、一起歡笑、偶爾借些錢、不動彼此的女人，尤其最重要的，莫過於信守承諾，永不打破誓言。

這些正是結交朋友時，應當遵從的原則，也是自己可以期待朋友所做的事。半晌過去，強尼轉身，動作看似緩慢且不情願，轉向街道的另一邊，朝我的反方向離去。

我自始至終都知道他會如此，因為那也會是我的選擇。

一道模糊的聲音從暗處傳來：「聰明的選擇。」而我不確定，是否是聽見了自己說話。

他走回車上，一副垂頭喪氣的模樣，並將鑰匙插入，啟動引擎。當他駛離視線後，音樂隨之響起；對他來說，吵鬧幾乎已算是習性了。音樂隨著車子轉入街角後漸漸淡去，留下一縷風吹拂而來，餘音承載於其中，如細絲一般微弱地唱著：**智者不敢踏足之地，獃子毫不猶豫闖進去**——隨後便永遠消失了。

我手握成拳頭，重重打在額頭中央，放開後又再打了一次，動作緩慢但用力。失去一位結識許久的朋友，如同斷臂一樣痛苦——但我並未斷過手臂，所以也無法確切說明白。

我現在終於能嚥下口水了，雖然喉嚨不再如以往那般，感覺舒適又通暢。走廊傳來微弱的聲響，我立刻警戒地轉過身。一名女子正從附近的一間房中被帶出來（這很好辨認），大概是為了戒備她的安全。

我聽見他們輕叩門幾下，她接著走出房門並跟著離開。在倉促之下，她的臥室拖鞋發出嗒嗒聲，就像幼稚園的兒童用柔軟的小手輕聲鼓掌一樣。有好幾個人護衛著她，且完全聽不見他們發出的聲響，只能聽見那名女子，但我確信他們存在。我甚至還聽見了，她所穿的絲綢衣（又或是和服）發出微弱的沙沙聲響。一股明顯的香氣也從門縫中飄進；她想必不久前才剛洗完澡，並搽了不少粉。

大概是個很溫和的女人，不習慣這種暴力或緊急的場合，不確定該帶些什麼走，也不知道該如何反應。

「我把手提包忘在房裡了。」她經過時，一邊哀怨地說道。「我留在那裡應該不會怎樣吧？」

可能是某人的妻子，準備到城中和她的丈夫見面。很久以前，我曾喜歡過那種女人。當然，是泛指這種類型的，而非真的會與她們有所接觸。

待她走後，短暫的寂靜又再度降臨——這也大概是最後一次了吧。不過，寂靜有什麼好的？頂多是個能夠稍微喘息的機會罷了，而且這只會使我更加害怕。預期的恐懼總比當下的恐懼，還要再強烈兩倍之多。預期的恐懼包含了兩種恐懼——對事件即將發生而感到的不安，以及面對事件本身的害怕。而當下的恐懼只有一種，因為屆時，早已沒機會能夠再預想未來了。

我開啟燈光片刻，好找到酒在哪裡。之前喝的那杯已經不能喝了，冰塊融化、稀釋，沉澱於酒水之中。我又重倒了一杯，並一口乾盡，而酒精似乎讓我有些不穩，感覺站著都支撐不住。別問我怎麼了，我也不知道。可能只是一時之間注入了大量酒精，才失去了平衡。

沒有事前警告，也沒有準備時間，終於開始了。他們終於有所行動了。

門輕輕敲響了幾下，一道溫和的聲音，呼喚著我的名字，以安撫的語氣說道：「請出來，我們想和您談談。」我想，「循規蹈矩」這詞可能更貼切。連打算強行進入前，都會如此注重這些禮儀的細節，真是體貼周到，又十分獨特。請穩住您的頭，我們不希望在割斷您的喉嚨時，劃傷了下巴。

我並未回應。

我也覺得，他們沒有期望我會回應。若我出聲回應了，那肯定會嚇著他們，使行動的時機混亂掉。

說話溫和的男子離去，另一個人頂替了他的位子。比起用聽的，我更能用直覺感受到，門外的人員有所替換。

一個木製的工具箱或手提箱大聲地落在門外的地板上。能夠辨認出是木製的，不是因為它落地的聲音，而是伴隨其落下而發出的聲響，聽起來就像裡面放了許多會鬆動和滾動的物件，在箱子內部互相碰撞。大概是釘子、螺栓、鑽子、螺絲起子等等的東西。而這也顯示出，那是木匠或鎖匠常用的工具組。

他們打算要從外部將鎖解開。

一股無法言喻的寒意貫穿我的身體。那並非血液，反而太過麻木、沉重與冰冷。在沒有傷口的情況下，它突破了皮膚表面，在全身上下產生無數的刺痛感。如冰刺般的冷汗。

我能看見他（並非真的看見，而是心中確信如此）跪下一隻腿，深感惶恐（大概和我一樣害怕），盡可能地退到門口一側。與此同時，其他人則更往後方集中，準備好隨時保護他，湧上前來制服我，以防我突然朝著他沖過去。

一旁的收音機諷刺地播送著：「開心點，有好事發生了。」

我開始如夢遊般往後退，從門邊開始（又或是其他地方，反正那是我在關燈前看到的場景）一路退到後方。畢竟靠近門邊有什麼好處呢？我既不能阻止他們闖進，也無法防止門鎖被解開。我一步步向後退，舌頭不斷來回舔舐著嘴唇外圍，一副緊張兮兮的模樣。

一道非常微小的聲音傳來。我不知道該怎麼形容。就像有人嘗試擰開小藥瓶上的金屬蓋，但卻一直打不開。他已經開始了，開始要進來了。

聆聽著那小玩意兒鑽動，著實嚇人，感覺就像活生生的一樣。一邊聽它鑽弄著，一邊知道那是來自門外那群抱著敵意的人，也非常恐怖。像這種小玩意兒，大概只有一個釘頭這麼大，卻也能製造出如此的恐懼，並帶來殘暴的結局：闖入、捕捉、最終失去理智，陷入比死亡還更淒慘的黑暗中。這一切皆源自於那如此微小的存在，緩慢、隱密地摸索著，並如饑似渴地嘗試解破門鎖，讓恐懼湧入並淹沒我。

我必須逃離此地。我必須出去，必須將這四堵緊密連接的牆一一推倒，好騰出足夠的空間能跑進、穿越，再跑進、穿越，再跑進、穿越，永不停下。直到跌倒為止，但隨後又馬上站起，繼續跑、繼續跑，繼續在我的腦海中奔跑著。宛如鏡面摔碎的錶，裡頭的機械仍然運作著。又或像隻被踩中的蟑螂，就算無法再爬行了，腳依舊在空中掙扎著。

窗戶。他們在門外，但窗戶——沒有人守著。我記得在週三清晨辦理入住時，並沒有特別要求二樓的房間，他們只是碰巧給了我這間。那天，我在光線下觀察窗台，發現從上面跳下去並不會很危險，只要在胸前抱著一顆枕頭，並高高抬起下巴就好。就算跌下去了，也只是跌個四腳朝天而已。

我用雙手拉起百葉窗的拉繩，它接著痙攣般向上升起，發出許多細樹枝被踩斷的聲音。我推起窗戶，坐在窗台上，然後擺動雙腳，終於置身於空曠之地，那開闊而自由的夜色中。

石造的窗台板圍有一排尖銳的鐵欄杆，外側沒有足夠的空間能夠在越過之前先落腳，所以必須先跨坐其上，這讓情況更加棘手。然而，急迫使人變得敏捷，恐懼使人變得機靈。不能再進去拿枕頭，沒有時間了。我準備縱身一躍，乾淨俐落地往下跳。

片刻間，那裡看起來空無一人、黑暗，且毫無動靜，只有車子一輛接一輛排在下方的路邊而已。但有人吹響了警示的哨音——我指的是口哨，不是鐵製的那種。我不知道是誰，也不知道哨音從何處響起，只能大概知道一定在附近。

接著，一輪憤怒、醜惡的月亮升起，黃光傾洩而出，擊中雙眼時變成炫目的白光，猶如洗衣粉廣告那般潔白。操作員一開始還傾斜得太高，然後才如冠上光環般落到我的頭上，且隨著它降下，臉上感覺就像鋪滿了爽身粉，無法忍受，也無法看清周遭。

皮革鞋的腳步聲逼近——或許就是趕走強尼的那位男子——並停在我正下方。不知怎地，我能感受到他和我一樣，都很害怕。而這並不妨礙他做事，因為這是他的職責。儘管，他並不喜歡如此。我扭過頭避開刺眼的光線，看到他以焦慮的表情看著我。所有人互相畏懼，這可是人人皆知吧？我們一出生，便注定恐懼。

我無法甩開那道強光，它就像黏蠅紙一般纏著我不放，也像在鬧劇中扔出去的乳酪，不管往哪裡轉，光線始終都在眼前。

我聽見他的聲音從下方傳來，非常接近、非常清楚，彷彿只有我們兩人一起在某處閒聊一般。

「回去你的房間，我們不想讓你受傷。」話一說完，他又繼續重申第二次：「快回去。你這樣闖出來，有可能會受傷。」

我心不在焉地想著，猶如身處夢境般：我不知道他們居然會這般體貼。難道他們一直以來都這麼貼心嗎？在四〇年代，我那時候還很年輕，常常去看鐵硬漢的電影，像是亨弗萊・鮑嘉和詹姆斯・賈格納拍的那些。當他們要押走犯人時，都會很粗魯，並咆哮著：「給我出來，你這齷齪的髒鼠，槍可是不會手下情的！」不知是什麼讓他們的態度變了這麼多？可能是時代變了，現在已經是六〇年代了。

我若奮力一跳會有什麼用？之後又該逃去哪裡？光依然燒灼著雙眼，甚至還讓我開始看見各種交錯又繽紛的泡沫幻象。

比起逃走，回到房間還比較令人感到難堪。光照著我，他們則注視著我，在這種處境下，向外逃走的想望澈底缺失。進入房間時，必須將一隻腳抬起，用其中一隻腳趾頭先踩上地板，就像在跳入泳池前測試水溫一樣。再來換上另一隻腳，然後才完全進入。外頭的強光穿過百葉窗的縫隙，碎裂成一條一條的光束照進房。

整座房間裡只有兩道光源——不算入百葉窗透進來的光，有兩個。它們散發著微弱又模糊的光芒——這兩道光是如此渺小，若不知道其存在並試圖尋找，就不會發現它們。而這兩道微小的光之中，其中一道甚至更為渺小、難以察覺。其中一個是收音機上的光，其覆蓋儀表的透鏡是凸起的，閃爍的光看起來就像一把迷你的橙色彎刀。我走上前關掉它，因為黑暗再也無法被驅趕了；黑暗早已降臨。

「為輸家乾一杯，」收音機裡的聲音說道，「為他們都乾一杯……」

另一道光源就在門邊，即門本身。我走進，低著頭凝視，彷彿是在傷心哀悼著——我確實是。固定在角落的長方形板上，有四個小螺絲頭，而其中之一不見蹤影，只要瞇著眼細細端看，就能看到走廊透出一點橙色的燈光。當我還站在那裡時，某物無聲地落下，輕觸到鞋子的頂端，重量不及一粒礫石。板子上的其中一角又多出了第二道橙色光芒，就剩下兩個了。還剩兩分半，或甚至不到兩分半。

要撲滅一個人的生命，需要多麼縝密的計畫，多麼費心於關注細節！這遠比點燃一個人的生命時，那種碰碰運氣、毫無計畫的情況要複雜得多。

我無法藉由窗戶逃離，也無法突破門前的陣仗，但除此之外，其實**還有**第三個出口——從內部逃走。若是無法從外面擺脫他們，我也能從裡面擺脫他們。

有些東西，是不應該擁有的，但在紐約只要有錢，什麼東西都能擁有。我有的，是需要處方的，賣這東西的人就是靠這樣來賺錢的——販賣處方。我記得，是某位醫生很久以前（賣）給我的，但卻不記得原因和時間。或許就是恐懼來到我們兩人身邊，而我再也無法擁有她的時候吧。

週三剛入住時，我無意在錢包中發現它，並託人拿去填滿，以備這晚的到來。我記得，行李員之後還將那亮綠色的紙包帶到門前。但那到底跑去哪裡了？

我開始在黑暗的房間中，進行恐怖的尋寶遊戲。從衣櫃起頭，在幾間衣服之間轉動，宛如迪斯可舞廳的興奮舞者，不斷來回旋轉。我伸進口袋裡翻找，並用雙手拍打，看看它們是否平坦或鼓起。一件一件拍打著，就像叫喚寵物小狗前來一樣，牠就躲在深處，且名為死亡。

這裡找不到什麼。接著換矮衣櫃的抽屜，彷彿洗牌般在裡頭到處翻找。電話簿、免費的刮鬍工具（如果你是男人）、免費的美甲工具（如果妳是女人）。

現在應該只剩下最後一顆螺絲頭了。

在他們無休止地試著拆開門的同時，我轉身進入浴室。這裡一片白，鐵定就跟我的臉一樣蒼白。即便關著燈，依然能夠看出浴室那如暮色皎白的磁磚。我並未開燈尋找，因為時間不多了；浴室的燈是螢光燈，需要一會兒才會亮起，而到時候他們早就闖進來了。

有句名言，想必每個人都有聽過。走過一個房間或經過一群人時，有人轉過身並大聲說出：「他**在這兒**！」彷彿自己就是這裡最重要的人（然而並不是）。

彷彿自己就是他們剛才談論到的人（然而他們並沒有談論到自己）。彷彿自己才是唯一不可或缺的人（然而並不是）。這是一種很好的稱讚，且不花任何一毛錢。

而現在，就在鏡子後的藥櫃裡找到時，我對著它說出這句話：你在這兒。很高興見到你——你對我的計畫尤其重要。

我彎下腰取水時，浴簾以螺旋狀的方式緊繞在我身上——別問我是怎麼弄的，這肯定像極了醉酒的羅馬人跟蹌踩到自己的長袍。一半的浴簾被拉開，固定在桿上的小掛勾叮叮作響，就在我俯身喝水的同時，肩上還掛有一部分。

沒時間找杯子了——反正也不在這裡，而是被拿去裝威士忌了。我以一手的手心當作勺子舀起水到口中，並與另一隻拿著沒有蓋子的小塑膠容器的手交替著。有時，人們說我喝酒很快，強尼就曾這麼說過，但這些都不重要了。

我只弄掉了一個，它就落在我和洗手台之間的地板上。這可真是可觀的藥量。裡面總共有十二顆，我記得標籤上寫著：在二十四小時內不得服用超過三顆。換句話說，我剛才自殺了三次，另外的第四次則付了首期。

突然間，我抓住洗手台的邊緣，並彎下身，即將要將它們從體內澈底驅趕。這並非**我**意，而是身體作主。我將雙手環抱自己，緊壓著，試圖止住嘔吐的反射動作，直到體內漸漸平靜下來，沉澱，開始被身體吸收；現在只有幫浦能把它打出來了。過了一陣子後（不知道有多久），藥物逐漸融入血管中，這時連幫浦也無用武之地了。

我的嘴裡留有一點鹽水的味道，仍然捂著肚子，感覺想吐。我回到另一間房，並坐下來等待，看誰最快來帶走我——門外的人，或是肚裡的藥物。

現在節奏變得緊湊，如同鼓聲加快到高潮一樣。一隻腳踢向門，門突然向後打開，發出鞭炮爆破般的聲響，光線迅速湧入這空洞的所在，一時間還無法適應黑暗以外的事物。

他們如潮水般襲來，占領整座房間。燈光被打開，看見他們包圍了我的四周，並用力抓住我，動作快到比眨眼還要迅速。我的雙臂被反繞到背後，並套上一件沒有袖口的緊束衣。然而，彷彿這樣的預防還不夠，其中一人還將手臂環繞在我的喉嚨並固定在椅背上，緊緊壓制住我——不如搶劫那般令人窒息，而是隨時準備好抵制我的掙扎。

即便房間早已受到燈光壟罩，他們還是手持著手電筒，一個一個圍繞著我的周遭，將強光照向我，大概是想使我感到刺眼目眩。其中一道光束比起其他光，都還帶有更多疑心，它緩慢地上下掃視我的全身，尋找著可能藏有武器的地方，渾然不知我早就使用過那唯一的武器了。

我將視線往上移到天花板，試圖躲過那些光束，隨後它們便一道接著一道閃爍並熄滅。

他們站著一邊。任務結束，完成了。對我來說，結束的是自己的生命，對他們來說，則只是一場事件而已。躺棺材裡的人不會計算前來參加葬禮的人，我反而凝視著每一位在場的人，仔細端詳著他們臉上的神情，讀出他們內心的思緒。

一張臉柔和，帶有一絲內疚與自責：可憐的傢伙，我可能會是他，他也可能會是我。

一張臉冷硬，輕蔑與不屑的態度顯盡：只不過是路上碰到的可怕事件罷了。

一張臉因仇意而緊繃著：真希望他那時有攻擊我們，這樣就有藉口⋯⋯

一張臉不耐煩，帶著懊悔：好想趕快了結這件事，這樣才能趕快突然打給她，當場拆穿她說謊。我敢打賭，她今晚絕對沒有像她說的那樣，都乖乖待在家裡。

另一張臉則漠不關心，思緒早在千里之外：像雅澤姆斯基這種人，有了其他人都沒有的東西，大概都是好運吧⋯⋯

而我則失意地思忖著：為什麼你那晚——那可怕的夜晚——沒有思考得那麼清楚，也不瞭解情況？那時可能還對你更有利。

他們站在一邊。而我在這兒，看似還在他們手中，卻慢慢從他們身邊溜走。

他們不發一語，我沒聽見他們說半句話，可能正在等候命令下達，又或是等著有人前來帶走我。

其中一人不像其他人那樣穿著制服，反而身著白色大衣——那是我的噩夢和恐懼——他在一邊的腋下，將兩根與帆布交織一起的長桿倒轉。

死亡在生命中變得漫長。心靈被活活掩埋，在它試圖掙扎爬回光明處之際，又被新鮮的墳墓土壤覆蓋住。在這種死亡中，永遠無法完全死去。

在他們身後的門邊，我看見一人的身影出現，慢慢朝著此處前來，充滿畏懼。與他們的短髮、輪廓鮮明頭部不同，那人的頭髮如波浪般起伏，看似柔和，隨著步伐接近，我看清楚了她是誰。

她來到我身邊，停下，注視著我。

「所以，那不是妳？」我低語。

她微微搖頭，嘴角帶有一抹悲傷的微笑。「那不是我。」她同樣以低語答之，將其他人排除在外，如同以往的時光，只有我們二人。「我沒去見你，因為我不喜歡你那時候的感覺。」

但那裡確實有人，我在那裡遇見了某個人。在我的夢遊中，那人的臉變成她的。那條圍巾，上面沾染的血，並不是我的，而是屬於某個人的——某個他們還沒找到的人，某個他們還尚未知道的人。

預防措施來得太晚了。

她接著跨出一步，在我面前彎下身。

「小心一點。」其中一人警告說。

「他不會傷害我的。」她諒解地答道，未將視線從我眼中移開。「我們曾經相愛過。」

曾經？這就是我正步入死亡的原因——我還愛著妳，而妳卻不愛了。

她彎腰，給了我一吻，輕輕落在額頭與雙眸之間，宛如儀式的最後一步。

在最後一刻，我掙扎起身，試圖尋找她的嘴唇，而光明漸漸從我的眼中消逝，一整夜的回憶恍惚穿梭過思緒，就像人們所說的，溺水時會想起前世的記憶——服務員、夜床服務員、計程車的爭執、援交女郎、強尼——所有事件都緊密地融合為一段連續體，上演著從開始到結局的過程。如同故事情節一般，這是一段經過組織，且有時間順序的故事。

這段故事。

——原於一九七十年十二月刊登在《艾勒里．昆恩推理雜誌》（Ellery Queen Mystery Magazine）的第五十六卷第六期。該選集以〈紐約藍調〉作為結尾，而這篇是很純粹，且極為絕望的黑色故事。一名男子獨自坐在黑暗的房間裡，懷疑自己殺了心愛的女人，而備受內心責難與折磨，並等待「死亡」前來取走他的性命。他將真正的自我攤開來審視，而失憶、妄想、恐懼與焦慮也隨之淹沒他。故事於一九七十年刊登在《艾勒里．昆恩推理雜誌》，正好是伍立奇去世前二年，很可能是他所寫下的最後一則故事。在伍立奇生命的盡頭，他備受酒精成癮、糖尿病與視力衰弱所折磨，且最殘酷的是，他也因腳部感染而截肢，被永遠困在輪椅上，就像〈後窗〉的主角一樣。他在這種人生時期，寫下如此黑暗又絕望的故事，毫不無道理。本篇故事在首次發表後，只於二〇〇四年的選集《夜與恐懼》中出現過一次，並在此紀念為該謀殺故事集的終曲。

〔fps〕002

後窗與另幾宗謀殺

Rear Window and Other Murderous Tales

作者　康乃爾・伍立奇 Cornell Woolrich
譯者　李仲哲
副總編輯　洪源鴻
企劃選書　董秉哲
責任編輯　董秉哲
行銷企劃　adv. 副詞
封面設計　萬亞雰
版面構成　adj. 形容詞

出版　二十張出版——左岸文化事業有限公司
發行　左岸文化事業有限公司（讀書共和國出版集團）
地址　新北市新店區民權路108之2號9樓
電話　02・2218・1417
傳真　02・2218・8057
客服專線　0800・221・029
信箱　akker2022@gmail.com
Facebook　facebook.com/akker.fans
法律顧問　華洋法律事務所——蘇文生律師

製版　軒承彩色製版股份有限公司
印刷　通南彩色印刷有限公司
裝訂　智盛裝訂股份有限公司

出版　二〇二三年十一月——初版一刷
定價　四一四元

ISBN —— 978・626・97710・35（精裝）、978・626・97710・59 (ePub)、978・626・97410・42 (PDF)

國家圖書館出版品預行編目（CIP）資料：後窗與另幾宗謀殺／康乃爾・伍立奇 著
李仲哲 譯 —— 初版 —— 新北市：二十張出版 —— 左岸文化事業有限公司發行
2023.11 320 面 12.8 × 18 公分 . 譯自：Rear Window And Other Murderous Tales
ISBN：978・626・97710・35（精裝） 874.57 11201407

AKKER
二十張出版